皮肤之下

LIFE UNDER MY SKIN

黄凯
高晓毓／著
秦苏

贵州出版集团
贵州人民出版社

图书在版编目（C I P）数据

皮肤之下 / 黄凯，秦苏，高晓毓著. -- 贵阳：贵州人民出版社，2018.10

ISBN 978-7-221-14879-7

Ⅰ. ①皮… Ⅱ. ①黄… ②秦… ③高… Ⅲ. ①长篇小说 – 中国 – 当代 Ⅳ. ①I247.5

中国版本图书馆CIP数据核字(2018)第250171号

皮肤之下

黄凯 高晓毓 秦苏 / 著

出版统筹：陈继光
选题策划：杜莉萍
责任编辑：潘 媛
特约编辑：颜小玩 管紫璇
内文设计：向 婷
出版发行：贵州人民出版社（贵阳市观山湖区会展东路SOHO办公区A座 邮编：550081）
印 刷：长沙鸿发印务实业有限公司
开 本：880×1230毫米 1/32
字 数：200千字
印 张：9.5
版 次：2018年10月第1版
印 次：2018年12月第1次印刷
书 号：ISBN 978-7-221-14879-7
定 价：39.80元

贵州人民出版社微信

Content 目录

Chapter 1.

没有人知道张梦欣出事了。那个夜晚，林渊穿着军装去了班长的老家，秦川正面临着注册心理咨询师协会伦理道德委员会的调查，李彤还在值班，而她的丈夫孙维成正堵在G15沈海高速上海段，焦躁不安地拍打着方向盘。

01

潮湿的街道。

行人渐渐聚集。

路口开始拥堵。

张梦欣侧卧在血泊中，身上白色的衣服沾满血迹。她的姿势扭曲，散乱的黑发遮住了她带血的脸庞。

“嘭！”

一朵烟花在天上炸开，照亮了她的脸。

“嘭！”

又一朵烟花在夜空中炸开，照亮了她裸露在外的手腕。皮肤之上，一只文鸟的图案，像是有了生命，扑棱着翅膀，却怎么也飞不起来。

没有人知道张梦欣出事了。那个夜晚，林渊穿着军装去了班长的老家，秦川正面临着注册心理咨询师协会伦理道德委员会的调查，李彤还在值班，而她的丈夫孙维成正堵在G15沈海高速上海段，焦躁不安地拍打着方向盘。

孙维成怎么也想不到，再见到妻子的时候竟然是在医院。他双手抱头坐在医院会议室冰冷的椅子上呆呆地望着地面，心里犹如塞了一块巨石。

“警察同志，我……我是真没瞧见她，她忽然就冲上来，我哪反应得过来呀？分明是她自己找死。”肇事司机擦着汗，与交警理论。

孙维成火上心头，一把抓住肇事司机的领口，提拳便打。

肇事司机惊慌躲闪："干什么，干什么，你要干什么啊你？！"

交警急忙拉住孙维成。

"不要冲动！你们家属的心情可以理解，但也不能打人。"交警随即掏出记事本，"你先给我留个电话，情况查清楚后我们会通知你的。"

孙维成耐着性子给交警留电话。

肇事司机趁机指着孙维成的鼻子吼道："我再跟你说一遍，我没违章！是你老婆自己闯了红灯，我还不知道找谁说理去呢。"

孙维成一脚将肇事司机踹翻在地。

交警忙将孙维成抱住，又扭头斥责肇事司机："你不要话这么多！有没有违章我们会调查清楚。"

这时，一个护士走过来，递给孙维成一份文件。

"病人家属吧？这个要签一下。"

孙维成匆匆扫了一眼，是病危通知书，最上面一行写着：张梦欣，女，38 岁……最下面一行写着：是否继续抢救或放弃治疗……

"警官，病人随身物品可以还给家属吗？"护士向交警小声询问，征得同意后转身离去。

交警对司机挥挥手："你跟我去做个笔录吧。"

司机叹了口气，跟着交警离开医院。

空荡荡的房间里只剩下孙维成一人。

孙维成看着眼前的病危通知书，强烈的失落感在心头涌起："又一次……"

他颤抖着拿起笔，在通知书上签了字。

02

对张梦欣的抢救一直到天亮才结束。孙维成来到ICU病房外，隔着玻璃，看着躺在病床上的张梦欣。她的身上插满各种各样的管子，身边还有几名医护人员正面色严峻地忙碌着。

孙维成傻站着看了一阵，忽然想起什么，从兜里掏出手机，开了机。

一个个未接来电的提醒接踵而至，其间还夹杂着一些别的短信：

“孙维成，电视都报了，你还瞒着我们，你还想在这行混吗？”

“孙总，急事，请速回电！”

……

孙维成心烦意乱，怕有电话进来，急忙关了机，可一抬头，正好看到护士翻动张梦欣的衣袖。一枚文鸟文身赫然映入孙维成的眼帘。孙维成大感意外，顿时呆若木鸡。

文身周围的皮肤肿胀着，很明显是刚文了不久。

孙维成死死盯着那处文身，猛地推开ICU的房门。

几名护士急忙阻拦：“这是无菌病房，你不能进！”

“我是她老公！”

“家属也不能进，请你冷静！”护士们合力将孙维成推出门外。

孙维成的心好似被烈火灼烧，拍门大叫：“张梦欣！张梦欣！”

走廊里回荡着孙维成疯狂的呼喊，可惜无人应答。

许久，孙维成终于消停了。

值夜班的护士小心翼翼地招呼他：“家属。”

孙维成急忙站起身，以为可以进 ICU，却听小护士说：“请跟我到柜台领取病人的随身物品。”

孙维成魂不守舍地跟着小护士来到柜台。另一位护士忙找来袋子，递给孙维成：“这是病人的衣服和包……”

不等护士把话说完，孙维成一把夺过袋子。

“请你签收一下！”小护士递来一支笔。

孙维成潦草一签，抓着袋子到一边的长凳上坐下，拆开袋子，开始翻找。此情此景，两位护士面面相觑，露出嫌弃的神色。给孙维成取袋子的那位护士冷哼一声，走开了。

孙维成打开袋子，里面露出了张梦欣染血的衣服。他把衣服拿出来一看，因为抢救的需要，已经被医生剪得残破不堪。孙维成捧着妻子的白色上衣，盯着上面的血迹，双手微微哆嗦。他把衣服塞回袋子里，翻出张梦欣的手机。手机屏幕已经被摔碎了。孙维成试图点亮手机，但已经打不开，只好放在一边，开始检查妻子的包。

孙维成拉开妻子的包，露出两叠崭新的人民币，一万块一叠，像是刚从银行取出来的，还扎着银行专用的扎钞纸。他盯着这两叠人民币，思量了一会儿，试图再从包里翻出别的什么东西。

忽然，啪嗒一声，有东西从张梦欣的衣服里掉了出来。

孙维成低头去看，是卡，一张酒店的房卡。

孙维成捡起卡片，仔细端详着上面的信息，随后飞快地掏出手机，一边开机一边奔向电梯。他不住地按动电梯按钮，双手瑟瑟发抖，就连双唇也不停哆嗦，眼睛却死死盯着手机的开机画面。

电梯门打开，孙维成一头扎进去，按下地下一层的按钮。这时，手机开机了，孙维成打开浏览器，却发现电梯里根本没有信号。

“叮！”

电梯门打开，孙维成举起手机，像20世纪90年代在大山深处寻找信号一样，边等信号恢复边跑向自己的黑色奔驰GLE。他拉开车门坐进去，搜索酒店信息，记在脑子里，再关机，发动车子，疾驶而去。

03

孙维成摸索着进入酒店。他环视四周，又看了看房卡上的酒店名，确认是同一家，随后来到前台，露出随意的笑容。

“早上好，先生，有什么可以帮您的吗？”

“你好，我太太把房卡给了我，但我忘了房间号码，麻烦你帮我看一下。”

“好的，我帮您看一下。”前台接过房卡，开始搜索。

孙维成抬头看着前台上方的监控，酒店前台也抬头看了看孙维成。

“请问您太太的姓名？”

孙维成微微一笑：“张梦欣。”

前台确认信息正确，微笑着把房卡交还给孙维成。“2602。”他说。

孙维成笑笑，穿过前台，进入电梯。显示楼层的数字一下下跳着，他看着跳动的数字，心底一层一层数着。

“叮！”电梯门刚一打开，他就大步迈了出去，险些撞到在电梯口等待的客人。

“抱歉。”说着，他随即放慢脚步，沿着走廊找到 2602。

房间门推开，他走了进去，插卡取电。昏暗的房间亮起灯，也照亮了他面无表情的脸。他顺手拉开门口的柜门，里面是张梦欣的行李箱。他盯着看了几秒，又把柜门重新拉上，继续往里走。

床头柜上放着张梦欣和儿子亮亮的合影，床上放着张梦欣的衣物，以及一个素描本。孙维成拿起素描本，缓缓翻开。第一页是一张彩铅画，一大一小两只文鸟。孙维成注视着这张画，翻到第二页，依然是两只文鸟，然后第三页、第四页依然是一样的图案，只不过构图、形态不同罢了。

孙维成翻阅素描本的动作越来越快，眼神也越来越疯狂，连手都开始发抖。他翻到最后一页，发现最后一页被撕掉了，但残页上有张梦欣的笔迹：无名小路。

看到“无名小路”四个字，他感到五雷轰顶，冲到窗边发狂大叫。但很快，他开始深呼吸，试图让自己冷静下来。之后才坐到床上，用酒店的座机拨通了一个电话。

电话那头传来一个睡眼惺忪的声音。

“喂？”

“Emily，是我，Wesley。”孙维成急忙回答。

Emily 沉默半晌，调侃道：“这个时候想到我了？你手机都不敢开机了？”

孙维成深吸一口气，说：“我会补偿你的。”

Emily 问他："你现在在哪儿？"

孙维成拿着电话在窗边踱步，把电话线扯得很长，但却没有回答 Emily 的问题，只是问："公司和投资人的情况怎么样？"

Emily 的声音突然变得严肃起来，她说："刘总昨天晚上被公安带走了，你知道吗？所有投资人都在找你，项目方也在找你。"

孙维成一听，脑门簌簌地冒冷汗："公安来过了？"

Emily 感到惊讶："你不知道？"

孙维成忙问："是经侦还是刑警？"

Emily 说："吓都吓死了，我哪里还分得清楚。"

孙维成默不作声，此时此刻，他思绪万千。

"喂？ Wesley ？ Wesley ？你在听吗？ Wesley ？你现在在哪里？" Emily 突然着急起来。

孙维成直接挂断电话，迅速拔掉了电话线。随后从包里取出一本黑色记事本，坐到写字台前。这个本子上密密麻麻的，全是他的计划。他翻开新的一页，龙飞凤舞地写了起来。写好后，他带上张梦欣的素描本，离开了酒店。

04

黄昏时分，孙维成回到家。

家里的录音电话响起，他缓步走到电话前，但却没有接。

电话答录机："请在哔声后留言。"

“孙总，你在哪里？听到留言请马上回电话给我，十万火急。”

孙维成听出了电话那头的声音，是他的特别助理Peter。孙维成伸手去接电话，但又稍做停顿，不再搭理，径直奔向卧室。他粗暴地拉开衣柜，胡乱扯了几件衣服塞进行李包，然后从床头柜的抽屉里翻出护照，又取出厚厚的一摞现金，有100和50面额的美金，有100面额的加拿大币，也有100面额的人民币。

这时，家里的录音电话又一次响起，孙维成还是没有理会，只是静静地听着。过了一会儿，铃声停了，他忙将收拾好的东西塞进行李包，随后抓起一件西装塞了进去，抽手的时候却不小心把西装口袋里的婚戒带了出来。婚戒掉在地上,孙维成粗暴的动作也跟着停了下来。他捡起婚戒，死死地盯着，好像盯得久了，它就会自己回到妻子的手指上。家里的录音电话又响了，孙维成仍然没有去接，电话自动转为录音模式。

“孙先生，是我，老卢。周清那个诉讼明天就开庭了，晚上有没有空见个面，我们再准备一下。不好意思啊，你的手机一直打不通，只好打你家里电话，请在听到留言后给我回个电话。”

孙维成一时竟不知道该不该接。突然，他提起行李包冲了过去，按下免提，接通电话。

“喂，卢律师你好，我明天没空，没有办法出庭了。请你代表我就好了。”孙维成一边说着，一边试图拉上行李包。

卢律师:“是这样，孙先生，作为一般代理人，我可以代表您开庭。不过,原告不出庭,是要提供正当理由的,否则法庭会按撤诉处理……”

行李包的拉链怎么都不听使唤，孙维成一下子怒了，抓起电话吼道："我老婆车祸，躺在医院里快死了，这理由够正当吗？！"

卢律师一时语塞。孙维成强行让自己冷静下来。他松了松衣领，压低声音对电话那头说："卢律师，不好意思。"

卢律师："没事，我能理解。"

孙维成的语气和缓下来："周清这个诉讼对我很重要，明天就拜托你了。"

卢律师说："明白。我会尽力的。"

"谢谢！"说着，孙维成挂断电话，把婚戒重新揣回口袋，头也不回地走出家门。

电梯显示到了一楼，门刚一打开，孙维成拎包走出，却忽然停住脚步。隔着楼道玻璃门，他看见一辆警车停在门口，两名警察正从车上下来。孙维成神情紧张，他四下张望，快速爬上一旁的楼梯，从里头探头窥视。两名警察进入大堂，和路过的保安交谈了些什么。

这时，孙维成不小心踢到了什么东西，发出了声响。两名警察循声看了过来。孙维成急忙缩回脑袋，大气不敢喘一口，直到两名警察进了电梯，他才箭步下楼，冲出大堂。

05

黑色的奔驰 GLE 驶进一座地下车库，车子的后视镜里反射出孙维成布满血丝的双眼。车子停稳后，他粗重地喘息着，拉开车门走下车，焦躁不安地在车旁徘徊。他呼吸粗重，面色阴郁，似乎在拼命压抑自己的。忽然间，孙维成暴怒地大吼，随后又双手撑住汽车，强迫自己冷静下来。

他掏出那枚属于张梦欣的婚戒，把它稳稳地放在汽车仪表盘上，随后下车打开后备箱，从里面取出车衣，从车头到车尾，将车整个罩了起来。

孙维成做完这一切，后退几步，看着被罩住的车，面色再次冷静下来，右手又不自觉地转动着左手的婚戒。随后，他掏出记事本，划掉在酒店记下的第一行。

06

夜色下，僻静的街道上远远就能看见一块打眼的霓虹灯牌，上面写着“无名小路”。

这是一间文身店，铺面不大，倒也干净利落。小店的前门是黑色方格的玻璃墙，即使站在马路对面，也能清楚看到店里的陈设。墙壁上井然有序地挂着许多框裱过的艺术图案，乍一看，倒像是个画室。可墙上挂着的文身枪和狰狞的般若、嘎巴拉图案手稿，清晰地定义了店主的身份——文身师。

店主姓林，单名一个渊字，个子高高的，留着一个军人的寸头，话不多。他的身体很结实，不似一般人，像是受过特殊训练。

此刻，店里没有客人，林渊和一位清秀的姑娘在门口闲聊。没多久，两人道了别。林渊推开店门，收拾桌上的物品。一抬头却注意到一张熟悉的面孔从马路对面走来。孙维成？！他来干什么？

林渊停下手里的动作，目不转睛地盯着孙维成，迎了出去。

孙维成透过玻璃墙，远远地注意到林渊看着他，但他仍然不紧不慢地往前走。

林渊来到店外的人行道上。忽然，店里的挂钟整点报时。他循声望去，钟表正好指向十点。

“又见面了！”孙维成来到林渊跟前，面无表情地看着他。

林渊：“这么晚了，有事吗？”

孙维成瞥了一眼店门：“不请我进去吗？”

林渊没有说话，侧身将他让了进去，脸上却没有半点欢迎的意思。

孙维成进到店里，也不落座，径直走到墙上挂着的一块木板面前。这块木板是林渊专门用来钉手稿的，上面钉着几件新近完成的作品。

孙维成一眼就发现了那张撕得并不齐整的稿纸，上面画着一只文鸟，右下角还有一个签名——张梦欣。

孙维成盯着这张画稿看了半晌，问林渊：“我老婆来过这儿吗？”

林渊毫不隐瞒：“来过，来找我文身的。”

孙维成咬咬嘴唇：“都说什么了？”

林渊没有说话，孙维成扭头指着钉在木板上的文鸟图案，问林渊：“你知道这只鸟意味着什么吗？”

林渊不明白孙维成到底为什么来，更不知道他为什么这么问。他往前走了几步：“你到底想说什么呀？”

孙维成垂下脑袋，声音低落："我老婆出车祸了，在医院里躺着呢，是死是活不知道。"

林渊心底一颤。

孙维成："他们跟我说她是自杀。我在医院里守了她两天两夜，想不通。我那么爱她，我对她那么好，她为什么要自杀？"

孙维成说着，一拳砸在墙壁木板上钉着的文鸟画稿上。

"直到我看到她左胳膊上的那个文身，我才明白。"孙维成扭头看向林渊，咬牙切齿地说，"你唆使她自杀，你利用她报复我。"

林渊万万没有想到孙维成会这么想。

"我根本不知道车祸的事情。"林渊看着孙维成的眼睛，"她过来的时候很正常，否则我也不可能给她文身。"

"你现在不敢承认了。"孙维成突然怒吼着，疯了一样冲到林渊面前，揪住他的衣领，把他抡了一圈。林渊没有反抗，任由孙维成发泄。

"你卑鄙！"孙维成的情绪越来越激动，"我早就跟你说过，我老婆跟这件事儿没关系。你为什么利用她报复我。"

"醒醒吧！"林渊猛一使劲儿，将孙维成推开，"先看看你自己干了什么好事儿。"

孙维成狞厉一笑，丢下一句"你会后悔的"，转身便走。

隔着玻璃墙，林渊看着孙维成离去的背影，看着灯光映照下的消防栓，脑海里浮现的，满是浓烟翻滚的火海，满是孙维成卑劣的行径。

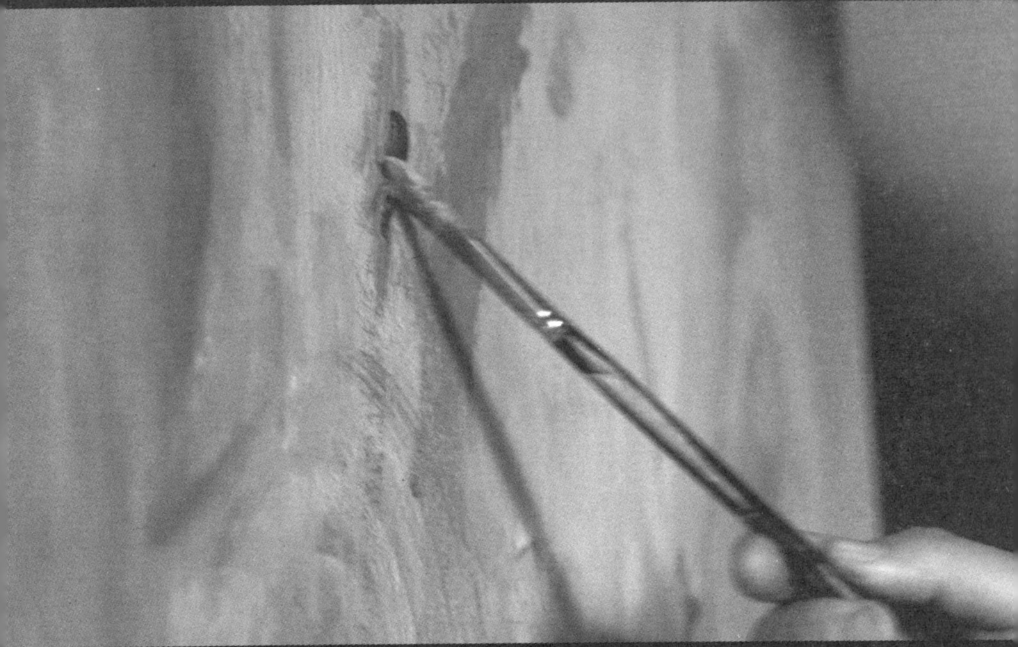

Chapter 2.

这个清晨，天灰灰的，不是海雾的原因，倒像是老天开了个天大的玩笑，等待自命不凡的人把灰纱一层层揭开，道出隐藏的本质。

三个月前

01

空旷的街道上，林渊盯着商铺角落里的一只消防栓出神。这已经成了他的一种条件反射，似乎大街小巷的每一只消防栓都会讲话，只要遇上，林渊就会重复那个无止尽的问题——里面还有没有人？

林渊回答不上来，一次也回答不上来，因为还没有找到能给出答案的那个人。只有他知道“里面还有没有人”，只有他能回答“班长为什么会牺牲”。

“林先生？林先生……”

一位西装革履的房屋中介从商铺里出来，连叫了好几遍，林渊这才回过神来。

“林先生，您觉得这个商铺怎么样？”中介满怀期待地看着林渊。

林渊看看四周，商铺临街，地段不错，但仍然不是他想要的那种。

“这边门口没有空地。”林渊看着中介，在商铺门口比画着自己的需求，“我还是希望这个地方，能有一个老式的院子就好了。”

中介很是为难：“林先生，这种现在房源不多啊。”

林渊不以为然，什么叫“不多”呢？

部队新兵训练的时候，班长曾告诉他：“林渊，你只能回答能或不能，行或不行，有或没有。”

林渊看着中介：“你如果有这样的房源，咱们就去看。如果没有，咱们也不要再浪费时间，我另作安排。”

“有。”中介连忙回答，“您要的那种门口带院子的铺面，徐汇啊，长宁啊，这一带比较多。这样，咱们先看下下一家。如果看完你实在不满意，我再帮您问一下我们其他分店有没有这样的房源。”

“Shaka!”林渊朝不远处的德国牧羊犬招呼一声。它乖乖地跑过来，跟着林渊和中介向下一家商铺走去。

02

这个清晨，天灰灰的，不是海雾的原因，倒像是老天开了个天大的玩笑，等待自命不凡的人把灰纱一层层揭开，道出隐藏的本质。

秦川总是这么想，她觉得很有趣，就像她的工作一样。

此刻，她正踱步在自己的工作室里，拿着吃了一半的早餐喃喃自语地念叨着，时而看看手里的稿子，时而看看屋里的沙盘和书架上成排的模型。

“大家好，非常荣幸今天能受邀来咱们医院做团建活动。我叫秦川，国家二级……”

秦川突然停下来，她觉得应该改改，便拿起笔在稿子上修改，一边改还一边念叨：“我叫秦川，秦朝的秦，四川的川。我妈妈是四川人。”

改到这里，她在稿子上加了个笑脸，然后突然抬起头，模拟对着观众的样子，会心一笑，然后继续念道：“我是国家二级心理咨询师。不过大家不要紧张，今天向大家介绍的心理测验非常好玩，你们可以把它当成是个游戏。”

念完，秦川停下来，把早餐塞到嘴里，做起了笔记。等嘴巴里的早餐咽下去以后，她看了看时钟，深呼一口气，收拾好东西出门。

她的工作室也是自己的家，一幢二层的老房子，工作室在二楼，楼下是一个老式的庭院。她心爱的小电驴就停在院子里充电。因为电瓶太沉，她没法儿抱到楼上去，就从二楼接了一根电线，一直拉到院子里，倒也省事儿。

秦川拔掉充电线，随手一扔，把一大箱打包好的沙盘熟练地放在小电驴上。“前进！”秦川打出一个冲天拳，骑向了浦仁医院。

一路上她都在想，千万不要搞砸了，一定要好好表现，让浦仁医院成为自己忠实的客户，这样，就可以让收入稳定一些。没办法，谁让她是有资产没现金的单身女青年呢。

到了医院，秦川倒也不是很紧张，跟着接待人进了电梯。

“叮！”

电梯门打开，秦川往外走。接待人忙提醒她还没到。这时，一位男医生进了电梯。接待人忙问候：“早啊，周医生。”

“早！”周医生也不看人，无精打采地回应着，只等电梯上到十层，兀自走了出去。他沿着楼道一直走到尽头，门上写着“会议室”。

他在门口犹豫了一下，有些不情愿地推门进去。

会议室不大，一共坐着四个人，其中一位是周医生所在的科室主任。看到周医生进来，科室主任忙招呼：“小周，这几位是都是三院的大夫，你先坐。”

“不好意思，久等了。”周医生一脸平静，在几位大夫面前落座。

“那我们开始吧。”科室主任冲三位三院的大夫笑笑。

三院的三位大夫里，坐在中间的那位直奔主题："周清，死者家属提出上诉。按照规定，我们要对病例再进行一次核实。你们医院的医务部提交的材料已经比较详细了，但还有一些细节需要再跟你确认一下，主要是针对你参与的几次抢救，尤其是最后一次。"

周清静静地听着，但搭在膝盖上的双手渐渐交叉起来，两根拇指不住地缠绕起来。

周清："我没有什么要说的。之前我说过不止一次，所有的过程也都写在材料里交上去了。"

科室主任一时语塞，忙冲周清使眼色，希望他积极配合调查。但周清装作没看见，冷冷地问："你们还有什么想问的吗？"

面对周清的态度，大家也不知道接下来该怎么继续。

周清看没人说话，起身就走。

"小周。"科室主任忙叫住他，可他头也不回。

"不好意思，我先跟他说两句。"科室主任与其他人打个招呼，忙跟了出去。

"小周！小周！"科室主任急了，提高嗓门，"周清，你给我站住！"

周清停下脚步，然后转到附近的窗台前，看着十层楼下的地面，双眼出神。

科室主任："你干什么，啊？人家跟你核实细节也是怕冤枉好人，可你呢？你刚才什么态度！"

周清隐忍着回答："主任，我确实没什么好说的。所有细节你们都知道，当时好几个人在场，他们都可以作证，我真的没有隐瞒什么。

至于我到底犯没犯错，你们心里有数。”

科室主任一听这话，气不打一处来。

科室主任：“什么叫我们心里有数？”

周清也意识到自己说错了话，不该跟主任撒气。

“周清，你要把它当作是一次修炼。”科室主任沉默之后，劝道，“你一路都很优秀，从念医科到进我们院，没有什么地方你做不好的。所有人都喜欢你，院长喜欢你，护士、病人也喜欢你，可你知道你来报道的时候，我担心过什么吗？”

周清看着窗户镜像里主任特别模糊的样子。

“就是你今天这个样子，这种糟糕的状态。”主任停顿片刻，语重心长地说，“别让你的优秀毁了你。我们做医生的，始终都要面对，面对自己的病人离开这个世界。”

周清听到这里，不自觉地闭上眼睛。

“家属要告，是家属的自由。你觉得自己没有问题，那就让他告好了，你怕什么！这事折腾了半年多，你再不积极面对，你的状态只会越来越糟糕。”主任拍拍周清的肩膀，“别忘了，你还有别的病人呢。”

主任示意周清回去，周清只好跟着他回到会议室。

在三位大夫的注视下，周清缓缓落座，神情也逐渐恢复平静。

“今年，3月份……”周清恢复了平静、和缓的语调，“3月6号，下午四点多。孩子被家里的保姆送到医院，当时高烧39度，非常虚弱。”

“确诊是什么时候？”负责主问的大夫询问。

周清：“很快。送来没多久，孩子皮下就出现了血点，还一直流鼻血。

我们给他做了骨髓穿刺，确诊为 T 细胞淋巴瘤白血病，并给家属下达了病危通知书。”

主问大夫：“你在 ICU 陪了患儿两天？”

周清低下头，回想起孩子憔悴的面容和纯净的眼神，不免神色动容，一时间没有回答主问大夫的问话。

主问大夫：“周医生？”

周清抬起头，眼眶却已经湿润了。

周清：“他太小了，都说不清楚自己哪儿不舒服。他告诉我，说他翅膀疼，然后就一直哭，一直哭。该用的药我都用了，除了陪着他，我不知道自己还能做什么。”

说着，他难受地低下头去。主任看着他，三院的大夫们也暗自叹息。

03

医院的大会议室里。

秦川的工作已经持续了一段时间，她事先担心的情况一个都没有发生，但另一个情况的出现，让她万分尴尬。医生、护士们要么仰在椅子上蒙头大睡，要么玩着手机，要么看着病历窃窃私语……总之，听她讲话的不超过三个人。

“通过观察对手的表情、细微动作，猜测他手中哪张是鬼牌。大家要知道，这看上去像游戏，但运用的完全是心理学原理。在临床上，是能用于治疗的。”

秦川注意到一个三十来岁的女护士，只有她听得入神。秦川注意到她的工牌——李彤。

“接下来，我们请一位医生上台来试试，好不好？”

一听要请人上台，现场一片寂静。恰在这时，周清拿着钢笔和笔记本从后门推门进来。

秦川一眼就认出来，心想真巧。

“就从这位医生开始吧！”秦川边说边去拽周清，“哇，这么帅的医生。好想来你们医院上班哦。你们医院有没有精神科啊，说不定我真的可以来面试的。”

所有人都看着周清，周清异常尴尬。

大家没有说话，没有人觉得秦川这番玩笑有多好笑，李彤更是目不转睛地盯着周清，她注意到，周清的眼眶泛红，眼角还有泪痕，像是哭过。

秦川察觉到了现场怪异的气氛，却只当是大家不习惯这种心理学互动。

“来，请到台上抽一张牌吧，让我们分析一下你的内心世界。”

秦川生生把周清拽上了台。面对现场的灼灼目光,周清无所适从。

秦川注意到周清神情，对台下幽默地说：“啊呀！大家看，这位医生视线游移，避免与我的目光进行直接接触，是不是我们刚才说到的情况呀？”

李彤关切地看着周清，周清注意到李彤，目光立刻躲开。

“心里真是藏着事儿啊！你不要这么紧张嘛，我又不医闹，哈哈哈……”为了活跃气氛,秦川自顾自地大笑起来。令她没有想到的是,在座的医护人员反应出奇地一致，全都看着她。

现场鸦雀无声，秦川意识到自己可能碰到了雷区，并且已经踩中了地雷。

周清忍受不了这样的气氛，他大步流星走上台，随意抽出一张纸牌丢在秦川面前。说了句“你们开心就好”，就离开了会议室。

完了！秦川心底咯噔一下。

04

回家的路上，秦川十分懊恼。

车子骑到小院，她一刹车，放在双腿间的单肩帆布大包里掉出一本厚厚的册子,册子的封皮上印着“浦仁医院 HR 团建心理游戏方案”。

秦川捡起这本册子，叹了口气，把它塞进了一旁的垃圾桶。随后跳起来够她从二楼接下来的插线板。插线板上满是秦川装的各种转接头。插线板和转接头上被雨水冲刷的痕迹清晰可见。

她给小电驴充电，但并不顺利，像是某个接口松动或是线路老化，电路接不通。这时，一只德牧跑过来，歪着头看她接线。

秦川一看，乐了，丢下手里的事情上前逗它。

“你是谁家的狗狗呀？蛮可爱的嘛。”秦川蹲在德牧面前，正要伸手去摸，德牧却警惕地躲开，不让她碰。

“这么高冷啊？”秦川更喜欢了。

“秦小姐。”一个声音传来。秦川抬头一看，是房屋中介，和他一起来的还有一个男青年，正是林渊。

秦川起身等中介过来，却发现林渊突然加快脚步，从她身边快速穿过，然后拔掉了她安装的插线板。

“喂！你谁呀，干吗啊？”秦川本来就气不顺，顿时火冒三丈。

中介忙上前劝阻。

“哥，你这是干吗？”说着又扭头给秦川赔不是，“姐，不好意思。这是客户，是客户。”

秦川：“客户了不起啊，客户就可以随便动我的东西吗？”

林渊一脸严肃，告诫秦川：“私拉乱接，这会要了你的命。”

秦川：“你吓唬谁呢！再说你管得着吗？神经病啊，赶紧给我滚，不滚我报警了！”

中介眼看本就不确定的生意马上要完全没戏了，连忙上去和稀泥。

“姐，林先生是我昨天跟您约好来看房子的客户。”说着，扭头看向林渊，“林先生，这是咱们的业主，秦小姐。”

“神经病啊！”秦川立刻对上了号，“原来你就是那个要开什么什么文身店的是吧？我本来就不太愿意让你开这种店。现在好了，走吧，你们不用看了，我不租了。走走走！赶紧走！”

中介急忙上前调和：“姐，您再考虑考虑。林先生这人其实很不错的，你看他，多有安全意识，很好啊！租给他，您就……”

中介的话还没说完，林渊就冲 Shaka 吹了个口哨，转身便走。

林渊：“兄弟，今天辛苦了。”

中介急忙追了上去。

“哥，再商量商量嘛！”中介边追边说，“哥，你别急。这房子真不错，你应该进去看一眼。你也看到了，这一带车少，多安静啊，很符合你的需求啊。”

林渊仍然继续往前走，中介索性停下脚步，不跟了，指着秦川的房子，刻意提高嗓门，提醒道：“你看啊，这老房子，门口有个老式小院子。这一带啊，也就这一家了。”

林渊回身看看房子，恰好秦川已经重新插好充电器，背起帆布大包，一脸厌恶地瞪着他。

中介一看有戏，回身忙去劝说秦川。一通好说歹说，秦川总算了松了口，同意林渊进屋看房子。秦川也恨自己没有坚持到底，可谁让她兜里缺钱呢？

林渊随中介进屋，秦川就蹲在门口跟 Shaka 玩了起来。Shaka 倒也给面子，竟然让秦川摸它，兴许是感激秦川同意林渊看房吧，也或者是它退役后的确老了，不想再跟着林渊满世界看房，跑不动了。

中介说：“林先生，这里离地铁就十几分钟，环境也好，周围店面不多，很少有店面空出来的，这个价格很合适。”

林渊不说话，继续往里间探索。

出于担心，生怕林渊又胡来，秦川也带着 Shaka 跟了进去。令秦川欣喜的是，Shaka 和她很投缘，短短几分钟的交流，竟也熟络起来，沟通默契。秦川哪里知道，这不过是因为 Shaka 受过部队的特训罢了。

中介见秦川进来，忙低声劝道：“姐，你这房子空了两个多月了，空一天就是一天的损失啊。不如你开个张，我也开个张。”

说着，中介看向 Shaka：“再说，这狗多好啊，跟你也亲。就算人你瞧不上，觉着没缘分，但瞧上他的狗也是你们的一种缘分嘛。”

秦川越听这话越不对劲，中介却滔滔不绝：“俗话说，不看人面看狗面。打人还得看宠物……”

秦川被逗乐了。这时，林渊从里间出来，问道：“里面能住人吗？”

“能能能。”中介忙应答，“里面地方大着呢，还有个小储物间。”

林渊：“可以。”

中介：“嗯？”

林渊转过身，斩钉截铁地说：“可以。”

“啊，哦！好的！好的！我合同都带过来了。”惊喜来得太突然，中介忙掏出合同。没想到林渊这个时候又补了一句：“但是房东不能接电线下来，这样太危险。”

秦川看看 Shaka，转向林渊：“那……那你要每天帮我把电瓶扛上楼充电，我就租给你。”

中介慌了，难道又要黄了吗？

秦川补充道：“我还得强调一点，我是看狗狗的面子。正所谓，不看人面看狗面嘛。”

Shaka 倒像是听懂了，得意地歪歪头。林渊也不计较，冲秦川伸手，想跟她握手。“林渊。”说着，又看向 Shaka，“让你给面子这位叫 Shaka。”

秦川翻了个白眼，也不跟林渊握手，径直走了。

05

这天夜里，秦川正抱着手机，躺在工作室的沙发上玩游戏，屏幕上突然弹出两条短信。

秦川手一抖点在短信提示上，屏幕瞬间退出游戏窗口，跳转到短信窗口。

“啊！”秦川尖叫出声，原来是银行转账的入账提醒。

林渊交房租了，转账提醒还附言——三个月的房租及一个月的押金，请查收。

秦川再看另一条短信，是提示她目前账户由负债变为盈余的。

“Yes！”秦川好久没有这么开心了。她就知道，上天让她连续遭受这么多的挫折，就是为了给她一个惊喜。如果惊喜来得太晚，那一定是上天在憋大招。

秦川边点开理财 APP 边推开窗户，朝外面的烧腊店大喊：“陈哥，烧鹅来一只！要一整只！”

烧腊店老板擦着手从店里走出来，对着秦川家喊道：“你发财了？好，马上来！”

“对呀，老天给我包红包了！”

秦川兴高采烈地操作着理财 APP，APP 界面显示从“负债”变成了“借贷。”

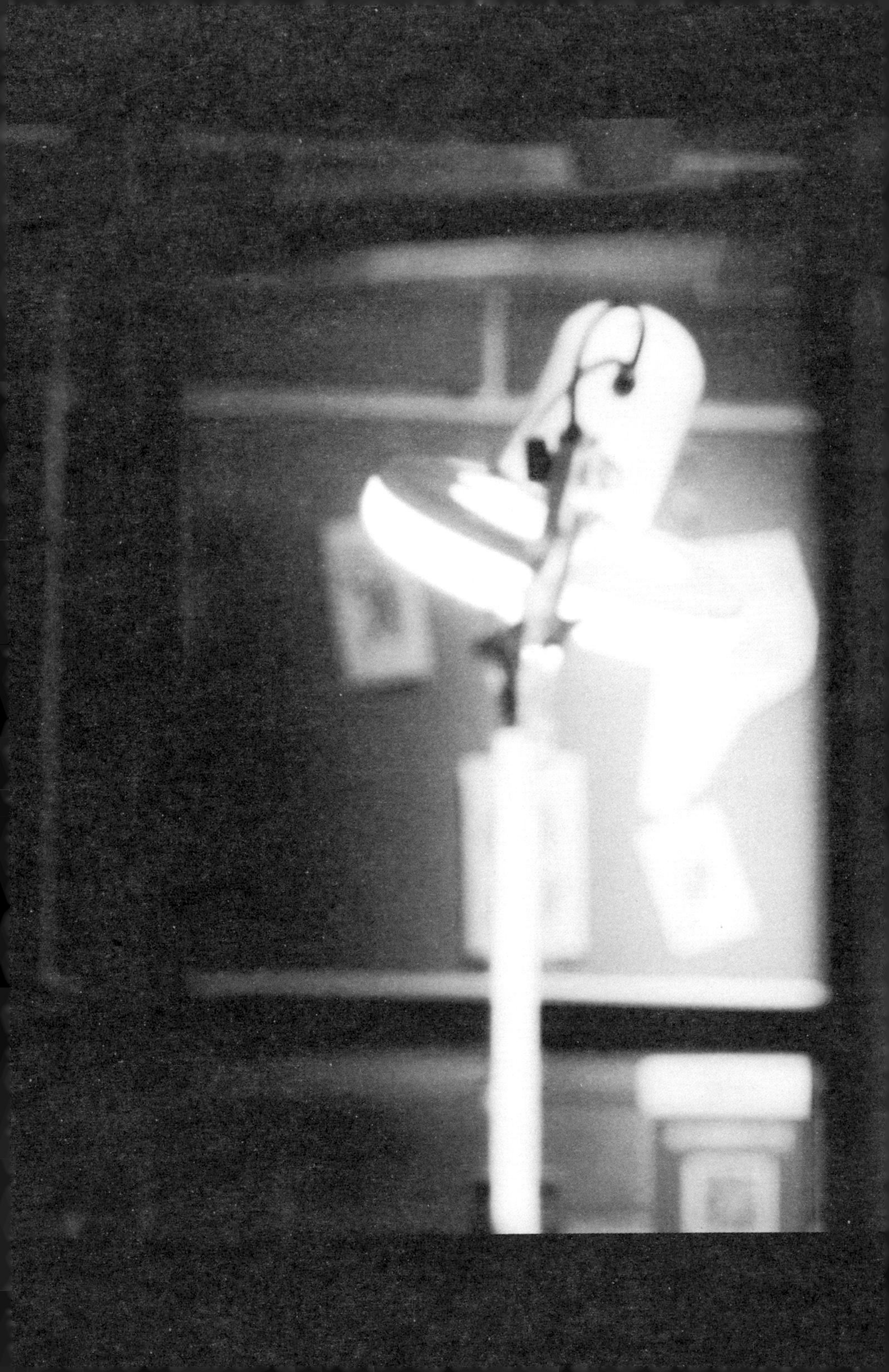

Ψ

Chapter 3.

因为这个孩子而陷入艰难境地的不仅是张梦欣，还有周清。对周清来说，最煎熬的不是没能挽救孩子的生命，而是孙维成对他漫长的诉讼。

01

这个世界上有一种人，生来就是用来诠释生物钟的定义的。比如孙维成。

他从来不需要闹钟，却从来都那么准时，好像闹钟就长在他的脑子里，不管想在几点醒来，都能办到。

他公司里的人常用这点向客户夸耀，说他天赋异禀、异常勤奋。孙维成却只说是长期严格执行计划的结果，是对自己的严格要求。这一点倒是真的，孙维成有个习惯，随身带着一个本子，所有的计划都在本子上记录着，并且严格遵守。

清晨，一缕阳光刚溜进卧室，孙维成就睁开眼睛，坐起身第一件事就是打开床头柜上的黑色皮面记事本，翻到新的一页，写上：11/10，送欣复工。

合上记事本，孙维成起身下床，看看熟睡的张梦欣，拉开窗帘。阳光洒在张梦欣的脸上，安静，美。

孙维成走到床边，俯身吻在张梦欣额头上。张梦欣醒来，看见孙维成，微微一笑。

“把你吵醒了。”孙维成面带愧疚。

张梦欣笑笑：“该醒了。”

一如往常，张梦欣洗漱完毕后坐在梳妆台前化妆，梳妆镜里总能看到孙维成在她身后穿西装、打领带，收拾得非常利落。

孙维成：“晚上下班我来接你，想吃什么？”

张梦欣：“都行，你看着办。”

“行。”孙维成掏出手机，走到窗边，拨了个电话。

“你好，我想预定今晚 7 点，两位。”

片刻停顿后，又听到孙维成的声音。

“对，两位，靠窗……”

张梦欣慢慢悠悠地整理完自己的面容，拿着一件黑色大衣走出卧室，想到客厅的大镜子前换上。路过另一间卧室的时候，她愣住了。

那间卧室的门紧闭着，上面满是儿童风格的装饰。张梦欣呆呆地看着紧闭的房门，耳畔隐约传来孩子的笑声。张梦欣不自觉地伸手去摸门把手。

“梦欣！”

孙维成的声音忽然传来，把张梦欣拉回到现实。

张梦欣把手缩了回来，扭头看着孙维成。

孙维成：“怎么不穿红色那件？那件更好看。”

张梦欣：“送去干洗了。”

孙维成走到客厅，从衣帽架上拿下一条红围巾，给张梦欣围上。

孙维成：“我喜欢你穿红色的，喜气。”

张梦欣明白，孙维成不希望她沉浸在失去孩子的悲痛里，希望她早些走出来。张梦欣也在努力让自己开始新的生活，但真的很难。

因为这个孩子而陷入艰难境地的不仅是张梦欣，还有周清。对周清来说，最煎熬的不是没能挽救孩子的生命，而是孙维成对他漫长的诉讼。

02

“深呼吸……吐气……”

病房里，周清正用听诊器为一个小病人检查。护士长李彤和另一个小护士就站在他的身后，安静地帮他做着记录。

“孩子晚上还是咳得厉害，到底怎么回事啊，好几天了。”孩子父亲的语气不太友好，显是听说周清治死了病人，对他不信任。

周清已经习惯了，从他被孙维成告上法庭开始，病人家属对他的态度就急转直下。他注意到孩子病床边的床头柜上，前一日的药还没有吃完。

“肺里没有杂音，还是上呼吸道感染。”周清摘下听诊器，提醒孩子的父亲，“得按时吃药啊……”

“我不要吃，太难吃了爸爸，我不要吃。”孩子开始撒娇。

“听话，乖！”周清笑着安慰孩子，随后对身后的小护士说，“孩子的鼻腔黏膜比较娇嫩,秋冬干燥,要不你晚上在他床头放盆清水吧。”

小护士一听，不乐意了：“万一被碰翻，砸到小朋友怎么办？”

护士长李彤立刻训斥小护士：“你是医生还是他是医生？话怎么那么多？”

小护士不吭声了。李彤示意周清去查下一床。周清低头跟在李彤身后，走了两步，回头看到小病人眼巴巴地看着他，微微叹了口气，又从兜里掏出一颗糖，悄悄放在小病人的枕头下面，然后快步离开。

孩子们眼中那个活泼开朗的周叔叔一去不复返了,如今的周叔叔,连抬起头查床的勇气都没有，吃饭、走路、坐车也始终低垂着脑袋。

下班后，周清搭乘地铁回家，一路上都低着头不说话，谁也不知道他脑子里在想什么。坐在他对面的李彤有些无奈，问他："怎么了？"

周清不明白："什么怎么了？"

李彤嘟着嘴儿，说："吃饭又不等我？"

周清不说话了，又低下头去。李彤一边在包里翻找什么东西，一边想接下来要说的话。好一会儿，她才从包里掏出一张名片递给周清。

周清不知道是什么，伸手接了过来。

李彤："昨天那个来做团建的咨询师……"

周清知道她要说什么，看着名片，皱起了眉头。

李彤："我觉得挺不错的，你进来之前，她介绍了好多排解压力的方法，我自己觉得蛮管用的，要不你跟她聊聊？"

周清皱着眉，把名片还给李彤："没事儿，我用不着。"

"试试吧。"李彤劝他，"咱院里的精神科你不愿意去，外面的咨询师总可以了吧？"

周清不想再聊下去，起身朝地铁门口走去，却被李彤一把拽住。

李彤："她们不会泄露客户的隐私的。"

"你开心就好。"周清说着，用力甩开李彤的手。

他说话的声音有点大，惹得地铁上其他人的目光都聚拢过来。李彤虽然有些难堪，但有些话还是要说。她追了上去，随着地铁摇摇晃晃地站到周清身边。

"反正钱已经给了，一会儿你就跟我去，就这么说定了。"

周清看了看李彤,完全不知道该说什么。他知道李彤是在关心他,可又本能地以为自己不需要这样的关心。

地铁到站，周清先下了地铁，李彤小步跟上，挽住他的胳膊，像是怕他跑了。

03

又是一整天的忙碌，林渊终于把开店所需的主要物件准备妥当，满满一屋子。最后一批关键物品也已经寄到，大大小小的包裹，十几个，全堆在小院门口。

林渊一边核对一边签收。快递小哥跳下车，把最后一件递给他。

“需要我帮你搬进去吗？”快递小哥问。

“我自己来吧，谢谢。”林渊把签收单递给快递小哥。

快递车走了，林渊手脚并用，竟然一次性把十几个包裹都拿进了屋。Shaka 跟在他后面，仰头顶着最下面的箱子，生怕它掉下来。

林渊放下箱子，继续组装书架，装好后，又拆开快递箱，把里面的书取出来放到架子上。这些书是关于文身、绘画、艺术、哲学的，摆到架子上，封面上都有很深的折痕，内页没有明显受损的痕迹，但是蓬松着，显然已经被翻阅过很多次。

最后，林渊从箱子里取出一个真空袋，里面装着一本素描本。林渊把素描本小心地拿出来，翻开，里面夹着两张照片，一张是合影，几个男孩都灰头土脸的，像刚钻了烟囱一样，另一张露出一角迷彩。

素描本除了照片就都是各种色彩浓烈的画作，有写实的，也有抽象的。

林渊把素描本放进抽屉最里面，打量着整个屋子，突然一怔，盯着墙上破旧的插座。虽然退役了，但消防战士的嗅觉依然在。

林渊拉闸断电，戴上绝缘手套，准备彻底清查消防隐患。

“唰！”一大片墙纸被他撕了下来，陈旧的木制包强板露了出来。破损的电线是从包强板里接出来的，要换线，得把整个包强板先拆掉。

林渊从门口取来锤子，抡锤就砸。

“砰！”

巨大的砸墙声传到楼上，把秦川吓了一跳。原本，她正聚精会神地为一个沙盘模具——带剑人偶画脸，被林渊一吓，手一抖，画歪了。

她侧耳倾听，想寻找声音的来源。这时，声音却消失了。

“莫名其妙！”秦川没再搭理，伏身擦掉画歪的地方，准备重新画。可刚一落笔，又是一声巨响传来，随后这声音就接踵而至。

秦川怒了，扔下模具就往楼下走。二楼的楼梯在租给林渊的铺面外面，秦川跑下楼梯，直奔租给林渊的铺面。

“你搞什么啊！”看着面目全非的墙体，秦川简直快疯了。

林渊没有理她，他把大锤丢在一边，从包强板后面把破旧的电线都扯了出来，然后顺着电线的走向，检查下去。

秦川怒道：“你是听不见，还是不会说话？我问你乱砸什么？经过我允许了吗？”

林渊看了她一眼，并不说话，反倒抡起大锤砸向秦川脚边的木地板。秦川吓了一跳，急忙跳开。

木地板被砸开，埋在地板下面的电线乱七八糟，已经快朽烂了。

林渊指指，说："进水了，高峰用电的时候容易引发火灾。"

"那你也不能乱砸呀！"秦川理解林渊说的话，但对他粗暴的行为仍然很抗拒。

林渊拿起随手放在行李上的租房合同，翻到第八条第六款，念道："租户可在不破坏房屋本身结构的情况下自行改造装潢。"

读罢，林渊又特意提醒秦川："请注意，是自行，不需要经过你同意。"

秦川一时气结："你……你这是强词夺理，胡搅蛮缠！不经过我同意，你就是不能改！"

林渊看看电线，不急不慢地说："这房子老，烧起来很快的。"

"我乐意！"秦川气急败坏，"反正不许你随便瞎弄。要改可以，你先画图纸，等我看完确认以后，你才能接着改。"

林渊还想说什么，却被屋外的声音打断。

"秦大夫？"

林渊和秦川应声望去，一男一女两个人。秦川对这两个人印象深刻，一下就认出是周清和李彤。

秦川赶紧迎出去，走到门口还不忘回头提醒林渊："接下来一个小时，你给我老实待着，不许发出声音！"

秦川变脸的速度也快，一扭头就笑脸盈盈地看着李彤。

"您好，李女士"说着，把李彤和周清往楼上引，"我们上楼说吧。"

"今天是不是不大方便啊？"李彤看着正在装修的铺面。

秦川忙说：“没有，没有，来，请上楼。”

林渊虽然不认识周清和李彤，也不知道他们来干什么，但房东要面客，他也只能配合，于是把锤子往木地板上随手一放。这一放，木地板发出咚的响声。

秦川闻声，在楼道上威胁着指指他。

林渊无奈，长呼了一口气。

04

周清听着秦川工作室里咖啡机运作的声音，自顾自地打量着室内的一切。

他是第一次来这样的地方,似乎也没什么特别的。咖啡机不远处，一整面墙都是书柜，但书很少，倒是有很多模型。书柜对面的墙壁上挂着一副大尺寸的挂画，画上只有一个希腊字母“Ψ”。挂画左下角挂着国际心理咨询联合会发给秦川的资格证书。就这样，周清百无聊赖地在房间里踱步，一点也不关心李彤和秦川在门口小声嘀咕什么。

“周清！”李彤示意周清好好聊，自己转身离开了。

周清会意，到窗边的沙发上坐下。秦川关上门，走到周清对面，伸手想和周清握手。

秦川：“周先生，您好。我们已经见过了，我叫秦川。”

周清没有理会，只是朝画着“Ψ”的挂画仰仰头：“Psi?”

秦川扭头看了一眼，解释道：“那是希腊语‘灵魂’的首字母，也是心理学的标志。”

“嗯，psychology。”周清笑了笑，拿起一本杂志，自顾自翻阅。

秦川看看周清，起身取来冲好的咖啡，放在周清面前并再次尝试打开话题。

秦川：“如果您准备好了，我们就随便聊聊？”

周清跷起腿，继续翻阅杂志：“不用了，我今天来呢，就是不想让我太太太担心。”

“好吧。”秦川理解周清这种情况，“我不会强迫您，我就坐在这儿等着。无论什么时候，您想说什么，我都会听着。”

周清放下腿，端起咖啡喝了一口：“咖啡不错。”

“谢谢。”说着，秦川拿起本子，开始写写画画。周清则继续看自己的杂志。很长一段时间，谁也没有说话。

真安静。周清倒觉得这个地方很不错，咖啡好喝，无人打扰。太久没有这种感觉了，他太需要这样的时刻了。

秦川没有那么神通，在周清开口以前，她无法准确察觉周清的内心世界。她开始画画，像是儿童插画，纯真，神奇。

秦川知道周清是儿科医生，这份纯真、神奇应该是可以与他对话的吧，如果他从杂志背后偷瞄上一眼的话。

秦川相信没有打不开的心房，只有错误的打开方式和读不懂的人。如果文字语言不行，那就试试绘画语言。如果不能言传，那就一起意会。

这大概就是为什么孩子通过绘画表达的东西总要比语言更加动人。

05

和秦川一样，张梦欣也是这么想的。所以她才会从事“奇点美术教育”这份工作，才会喜爱跟孩子们一起画画。而她工作的地方，就像它的名字一样，到处挂满了孩子们的作品。

秦川与周清各自独自等待的这段时间，奇点美术的孩子们本该放学回家了，但因为一个孩子的家长要晚些才能到，张梦欣便带着他在画室画画。他画的是一家三口和一幢漂亮的房子。

“这是我，这是我妈妈，这是我爸爸，这是我们的家……”

张梦欣看着画上一家三口甜蜜的笑容，听着孩子的介绍，神态不禁有些恍惚。

“画得真棒。”张梦欣回过神来，“看你，脸都花了。”

孩子满手都是油彩，张梦欣这样一说，他反倒咯咯笑着继续往脸上抹。张梦欣掏出手绢，一边帮他擦脸一边与他玩闹。

“宝贝！”

张梦欣和孩子一起回头，是孩子的妈妈。孩子忙叫着妈妈，跳下小板凳，飞奔过去，扑到妈妈怀里。孩子淘气，抹了妈妈一身的油彩。

张梦欣看着眼前这一幕，羡慕，更多的是悔恨与渴望。

“张老师，好久没见到你了。”孩子的妈妈与张梦欣打招呼。

“休了个假。”张梦欣上前与孩子的妈妈打招呼。

“很长时间了呀！明年我们宝宝都要读一年级了。”大半年没有见到张梦欣，孩子的妈妈多了句嘴，“张老师，你家宝贝也快上学了吧？”

张梦欣勉强一笑，没有回答。

是呀，如果当时……

张梦欣没敢想下去，涌起的眼泪被她生生顶了回去。她收拾好东西，刚走到园区门口，孙维成的黑色奔驰 GLE 正好到了。

“怎么了？”张梦欣一上车，孙维成就注意到她情绪不太对。

“没事。”张梦欣笑笑。

孙维成拍拍她的手,发动了车子。兴许是觉得车内的气氛太怪了，孙维成打开了车载电台，播的是第一财经的节目。

“据统计，近三个月来，P2P 公司平台停业 45 家，转型 8 家。一系列监管政策相继出台，平台的合规性受到严峻考验，资金存管和网络安全等方面都面临不小的压力……”

孙维成听得直皱眉，伸手换了频道，轻柔的音乐响起。行至一个僻静的路口，红灯闪烁，孙维成缓缓停下了车。

张梦欣看着窗外，忽然目光一怔。

车窗外，林渊正在店外布置。他在门口放好一块写着“文身”两字的招牌，随后又按下开关，小店门头上，“无名小路”的霓虹灯牌亮了起来。车再次发动，张梦欣忍不住回望这家小店，直到被烧腊店门口一辆破旧的昌河车挡住了视线。张梦欣注意到一个二十岁左右的小青年，一边冲烧腊店里的人说着什么一边看向文身小店的方向。

小青年上了昌河车，张梦欣这才转过头来。

孙维成注意到这一切，但没有问，只是从后视镜里寻找着张梦欣的视线，终究没有发现什么特别的。

06

孙维成和张梦欣到医院的时候，已是黄昏。直到夜幕完全落下，医院检查室的门才打开。张梦欣低着头走了出来，孙维成急忙迎上去，满怀期待地看着她身后的医生。

孙维成："怎么样？"

医生摇摇头，孙维成热乎的心一下子凉了。

医生说："张女士身体底子弱，不太容易着床。先把身体调养好，慢慢来吧。"

孙维成点头，扶住她的肩膀："没事，梦欣，我们都还年轻，别着急。"

这时，孙维成有电话进来，是秘书打来的。

孙维成："喂？"

秘书："孙总，您今晚约了方总在外滩吃饭，七点钟，别忘了。"

"行，我知道了。"说着，孙维成看了眼手表，又看向张梦欣。

"你去吧。"张梦欣轻声说，"我自己打个车回去。"

"一个人回家行吗？"孙维成有点儿不放心。

张梦欣轻轻点了点头。

"路上小心，到家给我打电话。"孙维成帮张梦欣理了理围巾，走了。

张梦欣呼了一口气，无力地坐到长椅上，把孙维成整理好的红围巾摘了下来。她烦透了这个颜色，烦透了这条围巾。

突然，"无名小路"四个字浮现在她的脑海深处，越来越清晰。她站起身，慢慢走到楼下，顺手把手里的红围巾扔到了垃圾桶里。

名
小路

5
由此上楼→

Chapter 4.

他仔细回想火灾现场那张侧脸和昨天晚上那张同角度的面孔，太像了，但真的只是像吗？

01

时钟滴滴答答地走着，从天明到天黑，周清依然坐在原来的位置上看杂志。咖啡，他已经喝了四杯；杂志，秦川报刊架上的杂志都被他翻了个遍。

秦川远远地坐在办公桌前，一边观察一边记录。这时，她注意到周清身后的沙盘，顿时有了主意。恰在此时，周清面前的定时器预设的倒计时结束，发出轻微的响声。

周清听到提示声，放下杂志，起身就要走。

“周先生。”秦川叫住周清，“您妻子已经把钱付给我了，您总不能让我交不了差吧？”

周清回头：“你跟她说我很好就行了。”

“可我怎么能跟她说这话呢？”说着，秦川指向沙盘，“要不您试试那个？”

周清皱眉：“这是哄小孩儿的吧？”

秦川走了过去：“沙箱游戏作为一种辅助手段，是以潜意识理论为基础的。有的时候，它能展现出你最不愿被人知道的内心。”

周清不以为然，他嗤笑一声，随手从架子上拿起几个模具往沙盘里一摆，问道：“反映出什么了？”

秦川摇摇头，解释：“这项游戏需要四到六次……”

周清冷笑一声，不等她说完就走了。

秦川叹了口气，看着周清的沙盘，取来相机拍了下来。随后她打开录音笔，开始绘制沙盘并记录和整理档案。

秦川：“档案106号，咨询人周清，职业医生，年龄30岁。来访者是由妻子带来接受咨询的。在第一次咨询过程中，咨询人表现出明显的不信任、抗拒甚至挑衅。咨询人的妻子认为他出现了明显的抑郁和焦虑症状，病人认为这一切都是由半年前的医疗纠纷引起的……”

这时，窗外传来摔东西的声音，接着又是一声大吼。秦川听出是周清的声音，跑到窗边一看，周清就站在烧腊店门口，手里还拿着两罐啤酒。

秦川想下去看看，但又犹豫了，最后只是站在原地，目送他离开。

周清一边走一边喝，丝毫没有注意到马路另一侧，迎面走来的张梦欣。张梦欣低头看着脚尖,每一步都在思量。走到无名小路正对面，张梦欣停了下来，远远地看着。

小店里，林渊裁剪好油画布，铺到画板上，用力扯平，再用钉子固定好。

注视着空白的画布，林渊翻开了那本素描本。他翻到最后一页，上面是一张没有完成，只打了草稿的图，隐隐能看出潦草的画面中有一条若隐若现的小路，小路上有个背影。

林渊对照这张没有完成的草稿，在画布上画着。底稿渐渐成形，几乎和素描本上那幅画一模一样。林渊停下画笔，看着画布，陷入了沉思。

这时，张梦欣推门进来。林渊急忙用白布把画板盖住，再一抬头看到她认真地打量着挂在墙上的手稿。

“你好，我这里还没正式营业。”林渊上前打招呼。

张梦欣没有回头，林渊又说：“你好？”

张梦欣回过头，用极低的声音问：“可以参观参观吗？”

“可以，请便。”林渊说着，去给张梦欣倒水，“想文身？”

张梦欣点了点头。

林渊把水递给张梦欣，张梦欣伸手去接。林渊注意到她的腕表下露出了一道横向的刀疤。

张梦欣察觉到林渊的目光，迅速将手缩了回去。

“想文什么图案？”林渊问。

张梦欣：“文汉字可以吗？”

“可以。”林渊示意张梦欣到沙发上坐，“你是第一次文身吗？”

“对。”张梦欣坐下。

林渊注意到她的衣服上印着一个LOGO——奇点美术教育，汉字周围还环绕着英文。林渊不懂英文，不晓得是什么意思。但从中文名字来推测，她应该是某个教育机构的老师。

林渊一边收拾茶几上的文身枪和墨水，一边问张梦欣：“你是过敏体质吗？每个人的体质不同，有的人可能会对色料产生排异。如果你是比较严重的增生体质，最好也不要尝试，因为文身是微创操作，皮肤会流血，还会结痂。”

张梦欣摇摇头。

林渊：“那你想文什么字？出设计稿可能需要几天时间。”

“不用，就一个字——亮。明亮的亮，不需要什么设计……”张梦欣不由自主地站起来，说话的声音也开始发抖。

林渊抬头看着她："是人名？"

张梦欣没有回答，林渊知道，那就是了。

林渊："你想清楚了吗？文人名的人大多会后悔。"

"我不会！"张梦欣突然把声音提高了一度，"我不会后悔的，不会的。"

"很多人文身前都是这么说的。"林渊收拾好东西，边洗手边说，"洗文身的人有七八成都是文名字的，我还见过头一天文，第二天就分手的，结果还是得洗掉。洗了就会留疤，看了还是会难受，我劝你还是……"

"这是我儿子！"张梦欣打断了林渊的话，"是我儿子的名字，他去世了。"

林渊正擦手，突然愣住了。

"对不起，我不希望你看到这个文身就想起痛苦的事。"看到张梦欣的眼泪都快掉下来，林渊暗自叹了口气。

张梦欣明白他的意思，没有说话，向门外走去。林渊忙过去为她开门，张梦欣扭头，侧脸看了他一眼，忍着哭腔说："谢谢！"

就在这一瞬间，林渊的脑海里突然浮现出一张熟悉的面孔，火海边，同样的侧脸，同样的角度。

林渊僵在原地，等他回过神追出去的时候，张梦欣上了出租车，扬长而去。

林渊怔怔地站在原地，半晌才回到店里，取出那个包好的素描本，轻轻翻开。本子里夹着一张他与另一人的合影，都是一袭便装，笑得无比灿烂。林渊轻轻抚摸着照片上那个人的衣领，痛苦绞上心头。

02

第二天清晨，林渊猛地从噩梦中惊醒，满头大汗，气喘吁吁。他使劲晃晃脑袋，熊熊燃烧的火焰和弥漫的浓烟仍旧在脑海里打转。

他跳下床，把被子叠成豆腐块，然后开始晨练，试图用运动让自己清醒过来。

“Shaka！”林渊招呼一声，Shaka 默契地跑过来，跳到他背上。

“林渊！”

“到！”

“负重俯卧撑，100 个！”

“是！”

林渊自说自话，自己回应着自己，开始一个个数着。数完 100 个他就跳起身，来到盥洗室，放满一盆水，闭着气，一头钻进水里。三分钟后，他终于抬起头，抹了一把脸，直愣愣地看着镜里的自己。

奇点美术教育。

林渊突然想起张梦欣来时穿的那件衣服上印着这样一个标记。他急忙洗漱，随后披上外衣，拿起手机，锁门离开。

在导航的指引下，林渊找到了奇点美术教育。

“您好！”门口的保安注意到林渊。

林渊没有说话，微笑着回应。

“您是来接孩子的吗？”保安问。

林渊：“噢，不是。”

“那您是……”保安变得警惕起来，上下打量着林渊。

“我……”林渊赶忙解释，“我看到你们的广告，过来看看。”

“想给孩子报名是吧？稍等一下，我给园长打个电话。”保安说着，给园长打了电话。不一会儿，园长来了，并带林渊到园内参观。

没走多远，林渊注意到“园丁介绍板”前，几个工人正在更新教师的照片及介绍资料。

林渊：“我可以看看老师们的介绍吗？”

园长：“可以的，我们所有老师的资料都在上面。”

工人注意到园长，跟他打了招呼。

园长：“弄得差不多了吧？”

“快了！”工人一边说一边忙活。

园长看向林渊：“我们大部分老师都是从最好的美术院校毕业的，也有幼教背景的老师。基本功、教学经验都很丰富……”

林渊一边点头回应，一边扫视板子上的照片，可奇怪的是并没有发现张梦欣。

“你们的老师都在这儿了吗？”林渊疑惑地问。

“对。”园长回道，“也有双语教学的特色班。”

这时，工人在板子右下方的位置换上了最后一张照片和资料，正是张梦欣。

林渊仔细阅读张梦欣的简介。她的教育背景一栏写着，“华东师范大学早期教育学士；香港大学 Master of Education (Early Childhood Education)”。

园长注意到林渊的视线，介绍道：“张老师是我们这里最受欢迎的老师，很多家长都指明要孩子跟着她学画画呢。颜值高不说，还出过书，开设过幼教网站，粉丝很多的。”

林渊突然有些思绪零乱，难道认错人了？他仔细回想火灾现场那张侧脸和昨天晚上那张同角度的面孔，太像了，但真的只是像吗？

03

在林渊去奇点美术的同一时间段里，秦川来到了督导师王亚铭的办公室，靠在沙发上直打哈欠。

“最近休息不好？又熬夜了？”王亚铭给秦川泡咖啡。

“不是。”秦川叹了口气，“我楼下的底商不是租给一个男的开文身店吗？他每天不到六点就起床，然后就是一通折腾。那房子隔音不好，我睡眠又浅，被他吵醒就再也睡不着了。对不起啊，老师，本来是想过来跟您好好聊聊的。”

王亚铭笑笑：“去你那儿的那个医生怎么样了？”

“不太配合，一直心不在焉，也不太愿意说话。”秦川无奈地看着王亚铭，“我打算让他试试沙盘。”

王亚铭把咖啡递给秦川，坐回到办公桌后。

王亚铭："你以前的来访者大多是孩子，他们只会觉得自己做了一场游戏，说了一个故事。但成年人不一样，成年人知道你会透过这个沙盘阅读他。一旦他利用沙盘撒谎，很容易就会误导你。"

"就算不是沙盘，成年人进行正常的心理咨询时，也会撒谎啊。"秦川有些不服气，"我觉得这不是我现在面临的困难。"

"那你觉得自己真正面临的困难是什么呢？"王亚铭的话让秦川一时语塞。她握紧咖啡杯，思考起来。

秦川："您还记得两年前到我那儿去的第一个孩子吗？她那会儿才五岁，把沙具扔得到处都是，还踩断了一把沙铲。中间断断续续又来过几次。就上个月，她妈妈告诉我说，她已经完全康复了。"

王亚铭注视着秦川，认真听她陈述。

秦川："我记得最后一次，她摆了一个沙盘，非常漂亮。本来我应该替她高兴的,可拍照的时候忽然觉得这一切好像都跟我没有关系。她之所以能好起来，是因为她的父母带她去看了真正的心理医生，是那个人治好了她。而我呢，也就是一次次看着这些沙盘，把结论告诉她的父母而已。我……"

"秦川。"王亚铭打断秦川，"沙盘只是一个技术手段，既不神秘也没有什么特殊性。作为心理咨询师，你提供时间、地点，提供专业的耐心倾听和心灵陪伴，不处理问题，也不解决问题。"

秦川抬起头，看向王亚铭。

"可我不想做个只会倾听的人。"秦川的声音很低，低到只有她自己能听清自己在说什么。

04

入夜，林渊在文身店外间支开笔记本，输入张梦欣的名字。

屏幕上跳出张梦欣的资料和照片。林渊的目光掠过屏幕，点击鼠标，进入张梦欣的育儿微博。他发现，张梦欣在微博上连载着文鸟一家三口的漫画。正看得出神，忽然传来推门的声音。

“Shaka！”秦川一进门就蹲下身逗 Shaka，“今天乖不乖啊？看我给你带什么了。”说着，秦川从包里往外掏。

林渊发现秦川给 Shaka 买了宠物衣服，并且试图给 Shaka 穿上。

林渊：“不许给 Shaka 穿衣服。”

Shaka 歪着脑袋，看着林渊。

“为什么啊？”秦川逗弄着 Shaka，“多可爱！”

林渊走过去，把穿在 Shaka 身上的衣服脱了下来。

“不识货，这衣服比我身上的还贵呢。”秦川自言自语，看着林渊，“喂，你几点忙完啊？”

林渊没有说话，皱着眉回头看了秦川一眼。

“哦，你忙你的，我带 Shaka 出去遛遛。”说着，取下墙上的狗绳，给 Shaka 拴上。她想牵走 Shaka，Shaka 却不动。

“走啊，Shaka，走，带你出去玩。”Shaka 还是纹丝不动，看了看林渊忙碌的身影。

“哎呀，你别看他了，他没工夫搭理你。”秦川蹲下身捧着 Shaka 的脑袋，“不如你跟我吧，零食管够，喝酸奶留盖，吃肉留骨头！总之我不会亏待你的！对了，我把街对面那只小母狗介绍给你当女朋友好不好？”

Shaka 耳朵一动，立刻朝门口走去，等着秦川给它开门。秦川很得意，斜眼看着林渊。林渊刚要说什么，有客人推门进来，是一位年轻男士。

“来生意了！你忙你的，我先走了啊。”秦川说着，带着 Shaka 出了门。

林渊无奈，只好先接待客人。

秦川牵着 Shaka 在街上散步，心情不错，絮絮叨叨地和 Shaka 聊着天。

秦川：“你看见没，刚刚咱俩出门，他瞪了你一眼。我觉得他对你一点儿都不好。他自己天天闷在屋里就算了，还想把你也养成个宅男。Shaka，我跟你说，现在宅男不吃香了，你得做一个阳光向上、放飞自我的暖男才能招小母狗喜欢呢，知道吗？”

Shaka 吐着舌头，走在秦川身旁。

“Shaka，他一直是这样吗？”Shaka 抬头和秦川对视。秦川假装 Shaka 听懂了她的话，恍然大悟，“我就知道！你怎么忍得了他啊？不过你放心，有我在，你的好日子来了！”

过马路的时候，秦川看到一辆破旧的昌河小货车停在烧腊店门口卸货。驾驶小货车的司机叫田博，定期给烧腊店老板送蔬菜和大米。

田博动作麻利，卸完货上车就走。车子超过秦川的时候，秦川看了他一眼，这小子一脸疲惫。

“Shaka，走。”秦川扯扯狗绳，继续自言自语着陪 Shaka 散步。再回到文身店的时候，林渊的工作还没有结束。

工作台上放着一张老人的照片，林渊比着照片，用文身枪在客人身上文着图案。

“我爸年轻的时候在内蒙古插队，年纪大了就老念叨着要回去看看。走之前他就跟我说，要我一定帮他了了这桩心愿。”客人说着，叹了口气，“我爸为了这个家，窝在那么个小地方苦了一辈子，没去过什么地方。忙的时候没空陪他，闲下来想带他出去走走吧，他身体又不行了……我寻思了好久，干脆把老爷子文在身上，不管走到哪儿，父子俩都在一起。”

客人开始哽咽，林渊见状，岔开了话题。

林渊问：“去哪儿啊？”

客人说：“内蒙古，带我妈一起。”

林渊替客人擦去清洁剂，露出完成的文身。

“你稍等，我进去拿一下修复膏。”林渊站起身，转过头一看，目光忽然定住了。不远处，秦川倚靠着沙发睡着了，Shaka 则趴在沙发下面，一动也不动。

这时客人也发现，忙致歉：“真对不起，待得太晚了，耽误了你们小两口休息。”

林渊笑了笑，不置可否。

客人走后，林渊简单收拾好工作台，忙活着做宵夜。这时 Shaka 走了进来，蹲在他脚边，看着灶台上的吃食。林渊瞥了它一眼，背着手，训斥道：“你还好意思回来！还想要女朋友，我都没有女朋友！”

林渊正训斥着，秦川醒了。闻到厨房的香味，竟迷迷瞪瞪地闯了进来，端起灶台上的碗就开吃，一点儿也不认生。

“啊！怎么这么淡，没放盐啊你？”秦川说着，正要放盐，却听林渊低声说道：“那是 Shaka 的。”

秦川瞬间石化，目瞪口呆，看着林渊。

林渊把锅里的面盛好，递给秦川，又接过她手里那碗面，倒进 Shaka 的饭盒里。随后他摘下围裙，走到外间，在台灯下开始画手稿。

秦川端着碗追了出来，艰难地说了声“谢谢”。

林渊头也不抬：“吃完就赶紧上去吧。”

“你还要工作啊？”秦川看了看时间，“这都十一点了。”

林渊没有停下：“明天有客人，我得把手稿画完。”

秦川没再打扰，吃完面就默默地在店里转悠。林渊的店已经完全布置妥当，奇怪的是墙壁中间空出了一大块地方，既没有挂手稿，也没有任何装饰。秦川盯着空白区域看了一会儿，侧头便注意到墙角放着一块被白布遮住的油画板，不由得好奇，上前就要揭。

林渊注意到她的动作，一个箭步来到她面前，阻止她揭开白布。

“干吗？”秦川看着林渊，“还不让看啊？”

林渊：“还没画完。”

秦川努努鼻子，继续转悠。林渊回到工作台前继续画他的手稿。

秦川发现架子上的几个奖杯，奖杯旁边放着几个相框，相框里的照片有林渊和别人在香港街头、大排档拍的合影，也有林渊和模特的合影，模特身边还有一个留胡茬的老伯。

秦川好奇地问："你学这个之前是干什么的？"

林渊不回答，埋头画稿子。

"这么神秘。"秦川撇撇嘴，"你不说我也知道，Shaka 都告诉我了。"

林渊嗤笑一声："是吗？那它都跟你说什么了？"

"说你以前当过兵呗。"秦川轻描淡写地回了一句，漫步到沙发上坐下。

林渊握在手里的笔停住了。他抬起头看着秦川，无意中和秦川对视在一起。

秦川见林渊神色有变，愣了一下，然后又像是发现了什么很好笑的事情一样笑了起来。

"瞧把你吓得，你也太好唬了吧！行了，不是 Shaka 说的，是我自己看出来的。"见林渊还是一脸诧异，秦川起身走到他身旁，"是人就有破绽，要是连这么点简单的东西都看不出来，那我几年的心理学也算白学了。"

林渊不理秦川，秦川却像是在努力刷存在感。

"我是国家二级心理咨询师好吗？"说完，秦川转身往门口走，丝毫没有注意到，林渊冲她的背影皱起了眉头。

目视着秦川离开后，林渊揭开白布，露出一笔未动的油画布。画板架在画架上，画架旁放置着油画笔、油画刀、颜料……

林渊站在画板前，开始用铅笔绘制底稿。没多久便完成了一多半，这时，他停下来，盯着画面看了半晌，随后又抬起胳膊，继续完善底稿。他在小路旁增加了树木、落叶、荆棘一类的意象，可画着画着却画不下去了。

过了一会儿，林渊突然烦躁起来。他把白布重新盖上，扔下画笔，快步走回工作台，重新支开笔记本，亮起的屏幕上再次显示出张梦欣的微博。

林渊继续翻看张梦欣的相册。一张张照片划过，终于露出了张梦欣、孙维成、亮亮一家三口的幸福合影。亮亮骑在孙维成的脖子上，背景是海涛金融的大楼。照片配文是：踏上新征程，老公，为你骄傲！

林渊点开照片原文，并在微博搜索栏输入海涛金融，搜出的第一个用户就是“海涛金融孙维成”。

孙维成的微博加了 V，登记认证信息是：海涛金融 CEO，孙维成。

林渊的心跳骤然提速，他迅速翻看孙维成的所有微博记录：各种工作和生活照片，各种发布会现场，还有海涛金融两周年年会以及 A 轮融资成功的 PR 内容。

林渊几乎可以肯定，他要找的人，就是孙维成。看着看着，他啪地合上电脑，大步冲到书架前，取出他和班长陈阳的合影。

“班长，我一定会查个水落石出的，我不会让你不明不白地牺牲。”说着，林渊砰地关上了抽屉。

Chapter 5.

这声响刺穿的不仅仅是孙维成和张梦欣的心，还有他周清的。正因为如此，孙维成将他告上法庭的时候，他选择理解，选择原谅。可当孙维成纠缠不休的时候，他也快要疯了。

01

第二天，浦仁医院。

李彤从病房里出来的时候，正好看见周清从走廊另一头快步走来。

“你是不是拿了我的药？”周清显得很急躁。

“是。”李彤停下脚步，“那药你吃得多了，得停一停。”

周清刻意压低声音吼了出来：“我自己心里有数！”

“你有什么数啊？！”李彤忍不住拔高声音，“越吃越多，越吃越多，你是个医生，正常剂量是多少，你告诉我，告诉我啊？”

李彤的声音引起了不远处一个小护士的注意。小护士朝他们看了看，马上缩了回去。可即便是缩了回去，仍然令周清感到很难堪。

李彤忍着气，把语调降了下来：“我问过我爸了，他说针灸对神经性头痛很管用，我觉得可以试……”

周清头痛得厉害，忍不住打断李彤：“你先把药还给我，我现在疼得厉害，没有办法工作。”

李彤：“那你就请假，在家歇着。这样下去你会有药物依赖的。别的都好说，可万一你心理上对这个药产生依赖就很难办了，所以我才让你去秦川那儿。”

周清不厌其烦，转身就走。

“周清！周清！”李彤追着喊他。

周清头也不回，耳朵里因为头痛产生的嗡鸣声越来越大。路过一间抢救室的时候，他忍不住在抢救室外的长椅上坐了下来。正是这一瞬间让他想起了孙维成一家。

当时就是在这张长椅面前，孙维成搂着妻子张梦欣，哭成一团。

“对不起，我们已经尽了最大努力。”

周清记得，当他推开抢救室的门，拉下口罩说出这句话的时候，孙维成脚都软了，险些晕过去。要不是参与抢救的大夫急忙搀住，他已经倒在地上了。

“不可能！怎么可能呢！这不可能！”

孙维成撕心裂肺，紧紧揪住周清的衣领。

“周医生,我求求你,求求你再想想办法吧！花多少钱我都不在乎，只要能救活孩子。”

孙维成苦苦哀求的时候，周清的心都碎了。

这些，周清至今历历在目。

当孩子的遗体被送进太平间，太平间的门发出巨大的、带着回音的声响。这声响刺穿的不仅仅是孙维成和张梦欣的心,还有他周清的。正因为如此，孙维成将他告上法庭的时候，他选择理解，选择原谅。可当孙维成纠缠不休的时候，他也快要疯了。

到底什么时候才是个头？

周清缓缓闭上双眼，无助至极。

与此同时，潜水馆里的孙维成也闭上了眼睛，似乎在憋气。

一旁的教练有些担心，在水下推醒孙维成，竖起大拇指，示意他出水。孙维成随即大口呼吸，在水中制造出大量细小的气泡。

孙维成猛然出水，剧烈地呛咳。教练急忙揽着他，帮助他上岸。

甫一上岸，孙维成就摘下氧气面罩，粗重地喘息着。

教练松了口气，但却很生气：“Wesley，你怎么回事？你知不知道水里不能憋气，太危险了。你是自大还是怎样？你到海里这样的话谁救你？说，潜水准则的第一条是什么？”

孙维成喘息着说：“Never……Never overestimate your power.”

教练：“今天一开始你就心不在焉，连准备活动都没做就下水了。潜多深，潜多久，如何上升，这些性命攸关的问题你都想过吗？下水前不先想好退路，你会把命搭进去的！”

孙维成听着教练的话，忽然有所触动。

02

从抢救室外离开以后，周清径直来到秦川的心理工作室。

工作室里，胶囊咖啡机滋滋地冒着蒸汽，很快，浓郁的咖啡从出口流入精致的咖啡杯里。

周清站在摆满模具的架子前观察着，隐约听见楼下有人锁门。

秦川隔着玻璃注意到，林渊出门了。她把做好的咖啡递到周清面前，周清点了点头。

秦川说：“沙盘游戏也叫沙箱游戏，是一种深层次疗法，有时候会揭示一些你藏在心里的东西。”

周清看看沙盘，轻轻抓了一把沙，又看着沙子从指间滑落。

周清问：“有主题吗？想让我摆什么？”

“你可以随便摆，也可以加水。想要一片海洋或一条河，就把沙子拨开，盒底是蓝色的。”说着，秦川指了指琳琅满目的模具，“这边是模具，没有限制，也没有主题，怎么摆都行。”

说完，她有些期待地看着周清。周清微微叹了口气，坐了下来。

“想要什么就跟我说，想谈谈也随时可以找我。等你做好了，那边有水盆，毛巾是新的。”补充完，秦川放轻脚步，回到办公桌后面，取出一张沙盘游戏记录表。

周清有点儿不自在，看看秦川，发现她确实没有打扰自己的意思，把注意力转回到沙盘上。他试图把沙子抚平以便开始摆场景，但他怎么弄也不能把沙子完全弄平整。他有点儿烦躁了，找了块平整的小板子，开始一遍一遍地推平沙子。

秦川注意到这点，在记录表上写下“努力数次，试图将沙子完全整平。”

周清终于把沙子完全整平，人也明显平静下来。他想了想，用木板在沙子上画了一横二竖三条线，将沙子六等分。接着，他开始挑选模具，巡视一圈后把手伸向一个持剑的人偶，但又犹豫了一下，回头望向秦川。

秦川似乎正在低头记录，没有注意到。

周清移开手，选了一个捧花的人偶，把它端端正正地摆在沙盘上。

秦川看着这一幕，又看向那个持剑的人偶，若有所思。

周清看上去似乎很认真，一口气摆出了一大片美国城镇式的场景。但他仍然不满意，还在试图将不规整的地方整平，却一失手，导致弄好的沙子崩塌。周清泄了气，烦躁地将手里的模具扔到沙盘上，扭头看着秦川："你能不能不要总是盯着我？"

秦川一愣，似乎这都是她的错。

"我需要记录和分……"

周清打断秦川："你看了我半个多小时，看出什么了？"

秦川察觉到周清的言外之意，这是一种挑衅。她慎重地回答："你是一个生活很有规律的人，整洁，有秩序，有可能是个完美主义者，因为你想把所有事情都做到最好，而且有清晰的归属感和良好的人际关系。"

"你能说点我不知道的吗？"周清有些不耐烦。

秦川："你想让我看到的，不就是这些吗？"

周清："你觉得我在骗你？"

秦川："这是你试图通过沙盘展现给我的。"

周清脸色一沉，不说话了，只是盯着秦川。

秦川："但我能看出，你很焦虑。你一遍一遍弄那些沙子，想把它们完全整平。其实你也知道那是不可能的。看来，这场医疗官司给你带来的影响非常大。能跟我谈谈吗？"

周清被刺中了，他开口想说什么，却突然一阵耳鸣，头也开始剧痛。他痛苦地按住太阳穴。

"怎么了？"秦川急忙起身给他倒了杯温水。

周清推开秦川递过来的水杯："我不焦虑。我没什么可焦虑的。我是个医生，这种事情很常见。第一次他没告赢，上诉他也不可能赢。

我没有做错什么，我问心无愧。”

说完，他看着秦川，眼睛红得吓人。

03

林渊出了门，找到海涛金融。

打扮时髦的前台 Emily 主动询问：“您好，您找谁？”

“孙维成。”林渊回答。

Emily：“孙总？他不在，您是哪位，有预约吗？”

林渊摇摇头：“那他什么时候回来？”

Emily：“这可说不好。孙总非常忙，有时候一个礼拜都未必会来一次。”

林渊：“那你能把他电话告诉我吗？”

Emily：“您贵姓？要不您留个言，我转告他？”

林渊明白，看样子前台是不准备放他进去，也不可能告诉他孙维成的联系方式。

“不用了，谢谢。”说着，他转身离开。

Emily 看着林渊的背影，一阵疑惑。她想立刻通知孙维成，可看了下时间，意识到孙维成应该还在会上。

孙维成的确在开会，而且就在公司，就在他的办公室里。

特别助理 Peter 正在向他汇报亲子乐园的企划方案。

孙维成一边听一边翻看企划书，突然打断 Peter：“公关部分还要加强。亲子乐园这个项目，不单单是公司的自投项目那么简单。我们要借这个项目的上马，把品牌的进化方向进一步提出来。我之前怎么说的？”

Peter：“去 P2P 化。”

“对。本月内，要把新的包装计划做好，该做的活动得做，该约的采访……”孙维成突然中断话语，看向窗外，随后又把目光投向在座的其他高管，“这不只是个自投项目，要把这个项目的行销当作上市的重要准备。”

Peter：“我们这类 P2P 公司在国内上市的通道基本被关闭了，借壳也难。”

孙维成：“政策在收紧，纳斯达克的方案也要准备起来了。”

CSO 接过话说：“赴美上市的计划也在推进的。”

孙维成：“现在准备定哪三家券商？”

CSO：“德勤，摩根大通，摩根士丹利。”

CFO 补充道：“会计师事务所在接触毕马威和普华永道。”

孙维成点点头：“好，接下来要我出面的，就把我的时间空出来。”

CSO：“国内声势得做了。还记得浑水做空中概股的时候吗？媒体您有偏好吗？”

孙维成不置可否。

Peter：“得约一档强的电视采访。”

品牌总监提议：“一财的《金融观察》？”

Peter：“分量够了，不过，主持人的问题提得很尖锐，而且动不动就喜欢挖别人的老底。上次直接把采访对象弄得下不来台。他们也完全不剪，就这么直接播出来了。”

“这倒不怕。”孙维成胸有成竹，“有话题才有知名度。我孙维成一没有背景，二不走夜路，他们也没什么能钻空子的地方。找个时间，联系一下他们。”

话毕，孙维成的目光又落到那份亲子乐园企划书上。

04

周清一回到医院就在李彤和同事的安排下做了脑 CT。

同事指着脑 CT 图片，对周清说：“你自己也是医生，应该能看出来，没有器质性病变，一切正常。”

李彤还是不放心：“可他老疼。”

“引起头疼的原因有很多种，工作压力太大，或者睡眠不好，都有可能。”说着，他拍了拍周清的肩膀。

周清微微向同事点头，表达谢意，随即转身就走。

李彤歉意地跟同事摆摆手，追了出去。她一边追一边说：“要不你听我爸的，去试试针灸……”

周清示意她打住：“本来我吃点药压下去就没事了，你非得闹得人尽皆知。”

李彤一下子愣住了：“你什么意思？”

周清停下脚步，看着李彤得眼睛：“全医院都知道我病了，患者家属会把孩子交给一个病人吗？”

李彤一下子傻了，如果周清担忧的事情真的发生，那就等于他职业生涯就此结束了。都是孙维成，这到底是个什么样的人？李彤第一次开始琢磨他。

这个问题何止困扰着李彤和周清，林渊又何尝不是？

没能见到孙维成，林渊有些沮丧。回到小店后，他就开始继续那幅未完成的油画。油画刀沾满了厚重的红色颜料，一下下涂抹着。他一刀一刀地勾勒着油画的底色，越画越快，而脑海里回荡的，仍然是那不灭的声音。

“里面还有没有人？”

“没有人了。”

“确定吗？”

“确定！”

“等一下！”

“轰隆隆……”

“班长！班长！”

林渊使劲甩甩脑袋，使劲脱离脑海深处熊熊燃烧的火焰。

画布上，红色组慢慢成形，像是火焰，而那条小路也仿佛在燃烧。林渊紧盯着画面，似乎感觉到这些火焰在扭曲跳动。

忽然，Shaka 叫了一声。林渊回过神来，看见门口的年轻人，正是常给烧腊店老板配送食材的昌河小货司机——田博。

田博被 Shaka 吓到了，不敢上前。

林渊招呼了一声，Shaka 才回到他身旁，放田博进来。

田博："你好！"

林渊看着他。

田博："你……你这里能洗文身吗？"

"能。"林渊面无表情，"多大的文身，在哪儿？"

田博挽起袖口，露出虎口处一个难看的图腾文身，图案已经褪成灰色。

田博问："好洗吗？"

林渊放下油画刀，走过去看了看田博的手上的文身，说："黑色好洗，问题不大，三四次就能洗干净。"

田博面露喜色："多少钱啊？"

林渊："图小，便宜，一千二。"

田博吃了一惊，但还是强装镇定，追问道："那，哥，你这儿有没有洗文身的药水，就是网上卖的那……"

林渊打断田博："那都是骗人的。"

田博无话可说，林渊见他犹豫，劝道："你要不再考虑考虑吧，但千万不要去买那种药水，都是稀释过的酸。"

"我不考虑了。"田博急忙回答，"我洗，我洗。"

林渊点点头，准备好洗文身用的激光枪，让田博坐到他对面，然后拉起他的手。这时，田博开始紧张起来，肌肉绷得紧紧的。

林渊："放松，要开始了。"

"嗯！"田博话音刚落，激光枪一工作就痛得龇牙咧嘴。

林渊："洗比文疼得多，忍着点儿。"

田博咬咬牙："没事，我能扛住。"

为了帮助田博放松，林渊和他聊了起来。

林渊："文了多长时间了？"

田博："四年，十五岁的时候弄的。"

林渊："你那时候都没成年，别人就给你文了？"

田博不知道该怎么回答。林渊看了他一眼："这种文身师是对你不负责任。"

田博："那会儿没想那么多，反正以后我也不会再文了。"

林渊没再说话，低头工作着。没一会儿，他放下手里的工具："好了，伤口别晒太阳，别抽烟喝酒，也别挠，过一个礼拜就结痂了。还要记得回去吃点儿维生素 C。"

田博看着红肿的皮肤上，那个难看的文身只剩下一个个小白点，一阵惊喜，自言自语地说："这就洗干净了？"

"没有，你一个月后还得再来一回。对了，你等一下，我给你拿点药膏，经常擦一下。"说着，林渊转身拿药膏。这时，他的手机响了起来。

林渊接通电话，是秦川打来的。

秦川："我路过一家蛋糕店，店庆，提拉米苏买一送一，你要不要吃啊。"

林渊："不用给我带，你自己吃吧。"

秦川："喂！你不吃，Shaka 也得吃吧……"

田博留意着林渊的背影，偷偷站起身来。

“我说了不用。Shaka 也不吃！”林渊说着，回头一看，田博已经没影了。他一惊，跑到门口张望，人已经不见了。

“喂！喂！喂……”秦川开始在电话里乱叫，“你真不要啊，店庆耶，买一赠一啊大哥，你不买人家怎么赠我？”

林渊这才反应过来，气得挂掉电话。

回到店里，看着那张还没填满颜色的油画，林渊像是很不满意，粗暴的地扯过白布盖了上去。接着，他走回到桌旁开始工作。

对着一张伤痕的照片，他开始勾勾画画，但始终没有找到一个合适的方案。照片上是一个女孩子肩膀上的伤痕，弯弯的，增生很厉害。林渊明显心不在焉，改来改去还是没有头绪。

许久，门铃响了。秦川拎着几个购物袋冲了进来。她把购物袋往沙发上一扔，顺势坐了下去。

“累死我了。”秦川突然瞪着林渊，“你怎么回事，买一赠一这种好事你都不要。”

林渊看着她，没有说话。

“有水吗？”秦川起身找水，喝完后凑到林渊桌前，“干什么呢？”

林渊头也不抬：“工作。”

秦川翻了个白眼，一指头戳在林渊额头上，强迫他把头抬起来。

“跟别人说话，要直视对方的眼睛，要有礼貌，知道吗？”

林渊不应声，默默盯着秦川。

“没劲！”秦川泄了气。

“遮伤疤啊？”秦川注意到桌上的照片。

林渊看看照片，嗯了一声。

秦川：“这还不简单，这么小，又是弯的，文个月牙不就行了。”

林渊：“增生部分墨水进不去，反而显得不自然。”

秦川看着照片，有点儿明白了。两人围着工作台，面对面，思考着。忽然，秦川眼睛一亮，一把扯过照片。

林渊刚要阻拦，秦川已经在照片上直接画了起来。只三两下，秦川就把照片上的伤疤修复上了一片轻盈的羽毛。

林渊一愣，抢过照片仔细端详起来。

秦川：“怎么样？我是艺术家吧！对不对？Shaka！”

Shaka 歪头看着她。

林渊看看照片，又看看秦川，一脸诧异。他完全没想到秦川这么轻松地给了他一个非常棒的解决方案。

秦川注意到林渊的表情，不禁嘚瑟起来：“不用客气，设计费五十万，打我支付宝账户。”

林渊根本不接这茬儿：“我请你吃饭吧，你想吃什么？”

“烧鹅！”秦川不假思索，推着林渊就往外走。

“你总得让我拿件衣服吧。”林渊一个侧身，逃脱秦川的“魔爪”，回里间去取衣服。秦川得意扬扬地等着。忽然，她发现被林渊盖起来的那张画的一角露出了浓重的血红色。她刚要上去偷看，林渊拿着外套出来了。

“走吧！”说着，林渊径直往门口走去。秦川犹豫了一下，跟了上去。

Chapter 6.

你记得那场火灾里牺牲了一名消防员吗？

01

夜渐渐深了，烧腊店外忽然传来秦川的惊叫声。

“多少钱？！”

食客们齐刷刷地看着她。秦川赶忙捂住自己的嘴，压低声音问林渊：“多少钱？”

林渊放下筷子，一手伸出一根指头：“一小时一千。”

秦川瞪大眼睛，掰着手指头算起来。

“这么赚！早知道我也去当艺术家了。”林渊一脸正经地问林渊，“我现在学还来得及吗？”

林渊看了她一眼：“学文身很苦的。”

秦川不以为然：“不就是画画图，然后拿针戳一戳吗？”

林渊无奈地看着她，笑了。

秦川：“要不你给我文一个吧，咱们这么熟，能打折不？”

林渊：“想文在哪儿？”

“没想好。”秦川眼珠子一转，“哪儿不疼？”

林渊：“没有不疼的地方，只不过疼的程度不同。”

秦川：“我还挺能忍的。”

林渊拿起一根牙签在秦川手背上扎了一下。秦川忍不住尖叫出声。

林渊摇摇头：“你不行。”

“比这还疼啊？”秦川怂了。

林渊：“像你这样的客人，一般我都劝他们走的。”

秦川疑惑：“有钱不赚？”

林渊吃了一口菜：“文身是要跟一辈子的，不能儿戏。”

秦川：“那不是还能洗吗？”

林渊：“洗不干净的，而且比文更疼。”

秦川不信，怀疑地看着林渊。

“你想好了，文身是不可逆的。我要对你负责，你也要对自己负……”林渊话没说完，秦川夹起一块烧鹅塞到他嘴里，堵着他的嘴。

“吃你的吧，我不文了还不行吗？”

林渊嚼着烧鹅，安静下来。

秦川又想起白布盖着那幅画，犹豫了一下，试探着开口：“你那张画还没画完啊？”

林渊看也不看她：“没有！”

秦川：“你是打算画完了挂在那面空墙上吗？”

林渊看了她一眼。

秦川：“我看你墙上空了好大一片呢，能透露下准备挂上的那幅画，画的是什么吗？”

林渊：“你就这么爱打听别人的事吗？”

秦川被怼住了，撇撇嘴，招呼烧腊店老板：“陈哥，结账，再给我打包一只烧鹅。”

林渊看着她：“你吃得完吗？”

“反正你请客。”秦川气呼呼地看着烧腊店老板朝他走来。

“我请，我请。”烧腊店老板一脸谄媚地笑着，“川儿，一会儿有空不？要不竞技场走起，带哥冲个排名啊？”

秦川：“带不动你，小脆皮，晚上先带你弄点装备吧。”

林渊不知道他们在说什么，一脸茫然。

打包好烧鹅，两人走回到小院。

秦川：“我觉得他们家的烧腊挺正宗的呀。”

林渊怀疑地看着秦川：“你是不是没有吃过真正的烧鹅？一个天津人，在上海开的广州烧腊店，你觉得正宗？”

秦川不以为然：“他们还卖北京烤鸭呢，挺好吃的。”

这时，秦川看到一个身影在小院楼梯口徘徊。

“李彤？”秦川急忙迎了上去。

李彤看见秦川，想要说什么，但看到一旁的林渊，又忍住了。

林渊察觉到不便，接过秦川手里的烧鹅，微微点头示意，随即进了文身店。

“有什么事，到我那里说吧。”秦川招呼李彤上楼。

02

工作室里，周清完成的沙盘还被保留着。

秦川：“他的沙盘展示了一个秩序井然的城镇景象，规划得非常整齐，很有秩序，看上去幸福美满。”

李彤仔细打量着沙盘，没有接话。

秦川：“但这只是假象，是为了掩饰他内心中的焦虑。他想把沙盘的边界弄得非常平整，这是一种防卫心理。”

李彤认真听着。

“当沙子不受控制的时候，他发怒了。他从一开始就知道我在观察他，并且想向我表达，他其实没事。可是这种伪装一旦被撕破，他就会表现出攻击性。”

李彤听得难受，她从口袋里掏出药，递给秦川。

“他一头疼就吃这个药，剂量越来越大。”

秦川接过药看了看：“有多久了？”

“小半年了吧。”李彤顿了顿，“他原来不是这样的，出事之前是个特别好的人，连患儿都指名要周叔叔看病。他也从没跟人红过脸或者发过脾气，一般都是我冲他嚷嚷。”

秦川了然，笑了笑。李彤继续往下说：“现在，他一个星期都未必跟我说一句话，整天躲着人，连刚来的小护士都能给他脸色看。他还天天申请加班，连家都不回了。”

秦川插话问：“那个官司到底是怎么回事？”

李彤：“那个孩子得的是急性白血病，发现的有点晚，也没有第一时间送到医院。当时他父母都在外地，孩子是保姆送过来的。医院给孩子做了穿刺，很快就确诊了。”

秦川示意李彤坐下慢慢说，李彤微微一笑，表示感谢。

秦川：“周医生平时喜欢孩子吗？”

李彤：“特别喜欢。当时那个叫亮亮的孩子，父母都不在身边，他就格外上心，在 ICU 陪着他。可孩子的病发得很急，没几天就出现了多种并发症，最后一次感染很严重，所以周清给他用了异丙嗪药物，当时孩子的心率有点快。”

秦川静静地听着。

“抢救之前，周清就想到孩子的情况不能再用百分百纯氧，所以抢救的时候降低了氧气浓度，可孩子的心脏还是停跳了。孩子的父母无法接受这个事实，尤其是孩子的爸爸，孙维成。他认定是周清用药不当，把我们家周清给告了。”

秦川追问道：“调查结果呢？”

李彤：“医疗协会调查过了，认为两者之间没有直接的因果关系。官司打赢了，我本来以为就没事了。可孙维成又上诉了。周清什么也不说，可我看得出，他快被这件事压垮了。”

秦川看着周清摆弄的沙盘，皱紧了眉头。

03

第二天清晨，孙维成家里，笼子里的文鸟鸣叫跳跃着。张梦欣细心地为文鸟换水，放粮。她还切了一些细细的蔬菜丝，喂给文鸟吃。

逗弄了一会儿文鸟，她开始打扫卫生。吸尘、擦柜面……打扫到儿童房的时候，张梦欣停下脚步，盯着房门看了一会儿。门板上隐约留着小鸟贴纸的痕迹，贴纸虽然已经被撕掉，但还有丝丝残留。

张梦欣摸了摸贴纸的痕迹，扭头走到卧室，整理好床铺，又打开衣柜，把干洗完的几件大衣收进衣柜，又把一些穿过的大衣取出。

衣柜里挂着几件红色的衣服，张梦欣看了看，拿来一个超大号的黑色垃圾袋，把红色的衣服都取出来塞了进去。

整理好衣柜，张梦欣打算把孙维成穿过的几件大衣送去干洗，便掏了掏大衣口袋，怕里面有东西。她这随手一掏，还真掏出一张皱巴巴的纸团。

张梦欣打开一看，是一张打印收据。

商品是一块手表，价格不菲，没有品牌名，只有一串型号和编号。

张梦欣默默走到客厅，打开手机搜索收据上的商品型号。屏幕上跳出一款女士名表的图片和信息。这款表不仅是限量版，而且只在香港发售。

“梦欣？”伴着开门声，孙维成的声音传了进来。

张梦欣赶紧关掉页面，把手机锁屏。

“你怎么又回来了？”张梦欣说话间，孙维成已经推门进来。

“会议取消了。”孙维成走到客厅，把手里的购物袋递给张梦欣，“昨天忘记带回来。以后别偷偷扔衣服，不喜欢你就说，我再买给你。”

张梦欣惊讶不已，愣愣地看着孙维成。

她打开购物袋一看，又是一件红色大衣。她抓紧购物袋，一声不吭。

孙维成：“赶紧穿上吧。”

张梦欣低声说：“今天回温了，穿这个有点厚吧。”

张梦欣边说边取那件黑色大衣，却被孙维成拦住了。他拿起新买的红色大衣给张梦欣套上。张梦欣整个人都僵在原地。

“就穿红的。”孙维成笑嘻嘻地，“我喜欢你穿红的，红色喜气，冲冲喜咯。”

孙维成帮张梦欣把大衣扣子一颗颗扣上，一直扣到最靠近脖子的部位。张梦欣穿了一件高领毛衣，最上面的扣子扣得很紧。

张梦欣眉头一皱：“你是说我晦气吗？”

孙维成双手放在她肩膀上：“别多想。”

他后退一步，上下打量着妻子，像在欣赏一件美丽的器物。

“Beautiful。”孙维成得意极了，“走吧，我送你去上班。”

张梦欣像个机器人，机械地执行着孙维成的指令：拿包、出门、进电梯、上车、系安全带……

等孙维成的车停在奇点美术教育的楼下，张梦欣才想起来早上打扫卫生时的发现。她坐在副驾驶位上，神色犹豫，似乎想说什么。

孙维成察觉到，问她：“怎么了？”

张梦欣犹豫了一下，掏出那张收据：“我收拾衣服的时候发现这个，你还有用吗？”

孙维成愣了一下，看着收据，脑海里飞速回想着这是什么收据。

“哦！”孙维成确定了，“去年，B 轮投我们的方总，他老婆过生日，总得表示个意思。你不说，我都忘了。”

张梦欣没再说什么，随手把那张单据一揉，开门下车。

孙维成隔着车窗，目送妻子的背影消失在视线之外，随后发动汽车，离去。他丝毫没有注意到，拐角处，一辆出租车悄悄跟了上去。坐在出租车副驾驶座上的人，正是林渊。

林渊：“师傅，麻烦你，跟上前面那辆车，别丢了。”

04

孙维成驱车直抵潜水馆。

这一次下水前，他没有忘记做准备活动，但还是有些心不在焉。简单的准备之后，他半穿着潜水服坐在台沿上，望着手里的呼吸器发呆。隐隐地，他又想起儿子亮亮病危那天的事情。

那天，他并不是在出差，而是和 Emily 在北美的森林河道度假。漂亮的皮划艇在风景如画的森林边的水道中漂浮着，Emily 爬到他身上亲吻他。突然，他们惊动了一只水鸟。水鸟从水面起飞，发出奇怪的声响。

“Wesley！”潜水教练打断了孙维成的思绪。

孙维成戴上呼吸器，看着教练。

“怎么样？”教练注意到孙维成的情绪不太对，又确认了一遍，“准备好了吗？”

孙维成点点头，两人随即入水。

休息区，林渊远远地观察着。等孙维成和教练入水后，他才向潜水池附近走去。透过观察孔，他注视着水下的孙维成。

孙维成调整姿势，转身，注意到了林渊。

林渊上前一步，两人隔着观察玻璃面对面，看着对方。

孙维成忽然有些惊慌，在水下吐出大量气泡。教练一把将他带出水面。

“在水下要保持平稳，不要突然大口呼吸，更不要惊慌。今天先这样吧。”教练训斥孙维成。

孙维成摘掉呼吸器，大口地呼吸着，随后转身看着下面的林渊。

林渊："孙先生。”

孙维成没有说话，只是看着他。

林渊："你还记得我吗？”

孙维成大口喘息："你是哪位？”

林渊没有回答，自顾自地说："我有几个问题想要问你，一会儿有空吗？”

说着，林渊掏出了本子。

孙维成疑惑："你是记者？哪家报社的？”

林渊没有回答。

“不巧，我今天没空，改天吧，改天提前给我秘书打电话。”说着，孙维成走下水池，转身往更衣室去了。

林渊看着他的背影，忽然提高音量。

“五年前，码头仓库的火灾。”

孙维成立刻停下脚步，脸色变了变，但很快又镇定下来，回过头看着林渊。

林渊："我不是记者，我叫林渊，是个消防员。准确地说，曾经是消防员。”

两人隔着水池，面对面站着。潜水教练从里面出来，看到林渊，便问孙维成："这位是？”

“一个老朋友。”孙维成回答。

教练随即走开，林渊则走到墙边的一排凳子上坐下，等着孙维成。孙维成一边脱潜水装置一边说："想问什么就问吧。不过事情已经过去五年了，我不能保证所有事都记得。"

"你记得那场火灾里牺牲了一名消防员吗？"林渊直奔主题。

孙维成只是简单地"嗯"了一声，依然做着自己的事。

林渊："他叫陈阳，冲在最前头的那个。他是我的班长。"

孙维成看了林渊一眼："当时兵荒马乱的，你们又都带着面罩，我真认不出来谁是谁。"

林渊努力帮孙维成回忆："我和班长都是搜救组的，负责清查、疏散群众。最后我通知班长撤出来的时候，是再三确认过仓库里确实已经没有被困群众……"

孙维成打断林渊："林先生，你到底想说什么？"

林渊犹豫片刻，说："班长当时是断后的，但是他又回去了。然后……然后仓库就发生了塌方，他也没能再出来。"

孙维成看着林渊，面露遗憾："抱歉，我不是很理解你的意思，能不能说得明白些？"

林渊抬起头，注视着孙维成："他是回去救人的。"

孙维成忽然笑了："林先生，你刚刚才说你确认了仓库里没有人才通知你班长撤离的，怎么这会儿又说他还要回去救人啊？"

林渊："当时仓库的大门口是水枪阵地，仓库的后门一直锁着，我们所有人，包括被困群众都是从消防通道出来的。但是塌方发生之后，我发现仓库的后门被打开了，也就是说有人从仓库后门进去了，班长是看见这个人才回去的……”

林渊顿了顿，追问孙维成：“孙先生，你当时也在现场，还是仓库的所有者，你能帮我回忆一下吗？”

“你不是负责清场的吗，难道你自己没看见？”孙维成说着，看了看表，“我还有个很重要的会。林先生，我很想帮到你，不过现在真的没空了，你可以跟我秘书联系。”

林渊拿他没有办法，只能目送孙维成微笑着离开。

孙维成没有撒谎，他的确有个很重要的会，关系到与周清的医疗官司，几天前便和律师约好了。他要周清接受法律的惩罚，可是周清现在所承受的痛苦远远超出了法律的界线。

就在这天，周清接到主任的电话，请他去一趟。从主任讲话的语气里，他已经猜出了一大半。

主任把他叫到办公室，对他说：“周清啊，你要不跟小刘调下班？小刘查我们这一层，你负责楼下。”

周清忽然想起上午查房的时候，一个叫睿睿的孩子的妈妈对他的态度很异常。

“是不是因为睿睿的妈妈啊，她听说了我打官司的事？”周清忙追问，“她跟您说什么？”

主任不置可否。周清知道，他猜对了，一时间神色变得极度压抑。

主任：“我跟她解释过了，也说了咱们医院资源很紧张，可她听不进去啊。你也别想那么多，家长嘛，都是这样，孩子病了心里着急，多体谅一下吧。”

“我明白。”周清长吁一口气，“我回办公室把资料准备准备，跟小刘交接一下。”

主任：“那这事就这么说定了，明天你就跟小刘换班。不许去找病人家属理论，知道吗？”

主任嘱咐的时候，周清的手机响了，是李彤的微信：别忘了去做沙盘。

周清一看，更加烦躁。主任见周清没吭声，提醒道:“听见没有？”

周清忽然迈开步子，快速离开，任由主任怎么叫也不回头。

05

这天夜里，周清没有回家，也没有去找秦川。秦川等了很久，周清的电话打不通，无奈只好给李彤打了电话。

她一边讲电话，一边走到小院里。电话挂断后，她猛一抬头，突然愣住了。隔着窗玻璃，秦川注意到林渊手里的油画刀在画布上飞快地涂抹。半晌，林渊停住了，呆呆地看着画布，随后将沾染了颜料的油画刀、油画笔倒进清洗液里，转身去了里间。

秦川忍不住推门进了文身店，站在那幅画前，盯着看了半天。

这时，林渊从里间出来，发现了秦川。他的手上还残留着一点颜料，身上也有零星的颜料。

“没什么好看的，画错了。”说着，林渊把画板摘了下来，翻转扣在墙角。接着，他又回到工作台前翻看手稿。

秦川犹豫了一下，问他："你没事儿吧？"

"没事儿。"林渊的回答不带任何情绪。

秦川："走吧，吃饭去吧。"

"没空。"

秦川热脸贴了个冷屁股，但还是想劝劝林渊："你整天把自己闷在屋里，不是文身就是画画，也太宅了。我陪你一起出去遛遛Shaka，顺便散散心吧。"

林渊不说话，秦川索性上去拉他，却被林渊一把甩开。

"我说了没空！"林渊爆发了。但他很快就意识到自己对秦川很过分，即便是万丈怒火，也跟秦川没有任何关系，凭什么要拿她撒气呢？他想说点什么来补救，但秦川一扭头，出了文身店，直奔二楼。

上楼的时候，秦川把楼梯跺得巨响。林渊叹了口气，刚要继续干自己的事，目光忽然定住了。透过窗户，他发现了一个熟悉的身影。

就在烧腊店外，田博正忙着卸货，烧腊店伙计也在帮忙。

"二五、三十……"伙计点着数，"没错。饭也给你打包好了，我帮你拿去。"

田博木讷地回应着，鬼鬼祟祟地往文身店看。

"能不能快点？"田博着急了。

"好小子。"林渊飞快地追出去。田博立刻发现他，跳上车就跑。

"站住。"

田博才不站住，开着车，绝尘而去。

烧腊店老板发现动静，忙跑了出来。林渊这才把事情经过和他说了一遍。烧腊店老板听完，忙给田博送货的其他几家店打了电话，但谁也没有见到那小子。

烧腊店老板犹豫了一会儿，给田博求上了情："这小兔崽子欠你多少钱，要是不多的话，我先替他还了吧。"

"不是钱的事。他洗文身洗到一半就跑了，药也没拿，我怕他感染。"林渊说着，又问烧腊店老板，"这小子是不是常来送货？"

"他打着好几份零工，什么都干。说起来也是个可怜的孩子，也没个固定工作。"烧腊店老板忽然想到了什么，"你知道吗？他没地方住，就住在他那辆破车上。"

林渊好奇："那他父母呢？"

烧腊店老板："这我不太清楚，从没听他说过。"

"谢谢。"说着，林渊让烧腊店老板打包了一份烧鹅，往小院走去。但他没有回店里，倒是盯着二楼的灯看了一会儿，思前想后，还是决定送上去。

这时，秦川正坐在外间看资料。电脑屏幕上，浏览器搜索栏里，是"林渊"两个大字。她没有直接发现有价值的信息，倒是发现了一条微博链接，便点了进去。在这条图文信息里，秦川发现了一张消防官兵的合影，并且@了林渊和其他很多人。照片配文写着：前几天收拾东西，找到了这张旧照片，非常感慨，又想起了在浦江消防中队的日子。铁打的营盘流水的兵，一起苦，一起熬，同一个火场里拼过命，同一口锅里吃了几年的饭，都是我的好兄弟。

秦川把照片放大后仔细看，每个人的脸都黑漆漆的，一看就是刚从火场出来。她在这些人中辨认着，很快认出了林渊。

秦川吃了一惊，返回搜索页面，在搜索栏里输入消防中队的名字。屏幕上立刻出现了新的搜索结果。秦川翻看着，发现了一条五年前的旧新闻：

“2 月 17 日 01 时 14 分，位于上海市 ×× 区的三层仓库起火，火灾扑救过程中，起火建筑多次坍塌，造成一名消防员遇难。”

秦川快速浏览新闻，在新闻中发现了陈阳的照片，照片配着“牺牲”“三等功”等字样。她正看得出神，忽然传来敲门声。

秦川急忙合上电脑，打开门。林渊站在门外，手里拎着外卖。

“烧腊店老板让我带给你的。”林渊把打包的烧鹅递给秦川，秦川没有接烧鹅，也没有说话。

林渊：“今天我……我态度不好，对不起。”

秦川看着林渊，接过烧鹅。

“进来吧，一起吃两口。”

林渊跟着秦川进屋，心想着“这姑娘倒真是大方。”

秦川一边布置吃食一边问林渊：“能问你个事儿吗？”

林渊：“你问。”

秦川：“你是怎么干上这行的？”

林渊没有回答，秦川也没再追问。

秦川：“你跟我想象得不太一样。”

林渊：“有什么不一样？”

秦川想了想：“怎么说呢。我以前觉得有文身的人都挺吓人的，不过这几天看着来你这儿文身的，好像跟普通人没什么两样。”

林渊觉得好笑，秦川俩眼一瞪：“有什么好笑的？《古惑仔》嘛，你没看过？”

林渊在桌旁坐下：“现在跟以前的观念早就不一样了，很多人来文身是考虑了很久的，文上的图文也都是有纪念意义的。”

秦川也坐了下来：“你也蛮奇怪的，自己干这行，倒没见你身上有文身。文身师不都该有两条大花臂，特酷特有范儿吗？”

林渊笑着摇摇头，秦川也笑了。

秦川：“我知道，你今天心情不好。其实我这几天也不顺，不过没事，我没你那么小心眼。我吃一顿睡一觉就好了。”

说着，秦川吃了一大口烧鹅。

林渊打趣说：“你不是心理咨询师吗？国家二级心理咨询师，嗯？”

“干吗？”秦川看着他，“心理咨询师就不能有心理问题？”

林渊：“说真的，心理医生要是有心理问题，该怎么办？”

林渊似乎说到了秦川心里，她一本正经地回答说：“我们行里有个督导师制度。”

“督导师？”林渊不太明白。

秦川：“就是心理医生的心理医生。”

林渊这下明白了：“那你去他那儿了吗？”

秦川深呼吸：“我很害怕去他那儿的。”

“怎么了？”林渊看着秦川。

秦川：“你想啊，都是同行，高手过招啊，而且他的等级还比你高。

不瞒你说，我也就是刚从新手村出来，我督导师呢，满级大号，满血虐杀我，你懂不懂？”

林渊觉得很有趣：“有那么可怕吗？”

秦川：“一点儿都不夸张。一进到那间屋子里我就什么秘密都没有了，别说撒个小谎，眼神稍微打点飘他都能瞧出来。说了你别不信，我每次去都得做半天的心理建设。”

林渊：“那你就找朋友出去散散心啊，一天到晚，闲下来就窝在屋里打游戏，还说我宅呢。”

秦川嗤笑一声：“我没朋友。”

林渊半信半疑地看着她，她只好大咧咧地挥挥手。

“好好好，隔壁烧腊店的陈老板算一个。”秦川的口吻很自嘲。林渊越来觉得奇怪，不禁皱起眉头，盯着她看。

“干吗？”秦川被盯得很不自在。

“你怎么可能没朋友呢，你的性格……”

秦川看着林渊，林渊突然有些说不下去。

秦川：“我的性格怎么了，接着说呀。”

林渊小心翼翼地补充说：“你的性格也不至于这么招人烦吧。”

秦川眉毛一竖，林渊忍不住笑了，秦川也笑了。但很快，她的笑容就消失了。

秦川：“以前我朋友还挺多的，但自从我干了这行，大家都开始有意识地疏远我，躲着我。”

林渊不明白：“为什么？”

秦川无奈：“怕我有职业病，分析他们呗。”

林渊没想到秦川会给出这样的答案，一时间愣住了。

秦川把筷子往桌上一放，气嘟嘟地说：“生瓜蛋子才动不动就分析别人呢，我这种老手不这么干。白天的咨询工作已经很累了，休息的时候我就想当个普通人。再说了，我运用自己的技能分析那是要收费的，免费分析也太亏了。”

林渊越发觉得秦川很有意思，听得直发笑。

秦川：“不过我也懒得跟他们解释，一个人挺好的。”

林渊看着秦川，秦川避开他略带关怀的目光。就这样，两个人聊了很久。

“不早了，赶紧去睡吧，你明天不开张了？”秦川看了看时间，快 12 点了。

林渊笑了笑，起身往外走。

“你要是哪天无聊了，可以来我这儿试试沙盘，就当是玩嘛。”秦川犹豫了一下，还是说出了口。以她的职业判断，林渊是需要的。

“晚安！”林渊笑笑，帮秦川带上了门。

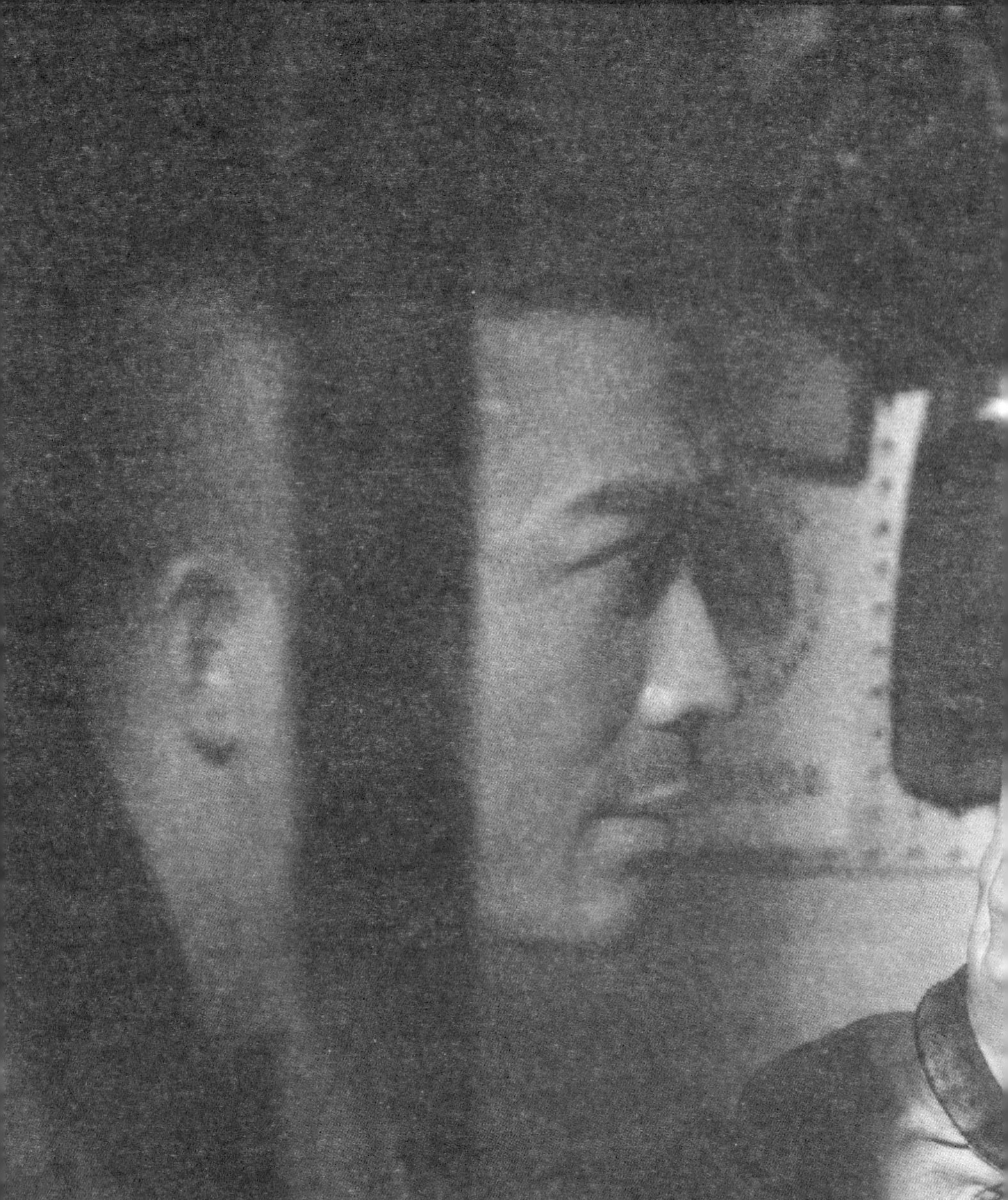

Chapter 7.

女人的直觉告诉她，危机来了。

01

孙维成牵着 Emily 的手穿过北美森林河道北侧的森林，走过一个写着“CAMP、FERRY”的指路牌，在一棵硕大的老树下停下，随后拥抱在一起，开始接吻。忽然，电话振动了。孙维成没有接，可电话一个接一个，孙维成烦躁地掏出看了一眼，随即示意 Emily 不要出声。Emily 很知趣，走开几步。

孙维成接起电话，另一头传来张梦欣焦急的声音：“你在哪儿？！你赶紧回来，亮亮病了！”

“什么？”孙维成脑子里嗡地一下，随即满脑子都是手机振动的声音。

“呼——”孙维成猛然惊醒，原来是个梦。不过他放在床头柜上的手机的确是在振动。

他迅速挂掉电话，缓缓坐起身，看了一眼张梦欣，又替她掖了掖被角，轻手轻脚下床，来到阳台上。

发了一会儿呆，他又回到客厅，抓起一个打火机把玩着，脸色阴郁至极。又过了一会儿，他抓过公文包，从夹层里翻出另一部电话拨了出去。

“喂？”孙维成压低声音，“不是跟你说了吗，我在家的时候别给我打电话。”

说完，孙维成挂掉电话，随后把这部手机上的拨出记录和另一部手机上的未接提醒，一一删除。

再回到卧室，孙维成轻手轻脚躺回床上，重新睡下。

这时，一直闭着眼睛的张梦欣忽然在黑暗中睁开了眼睛。

第二天，林渊又一次走进孙维成的公司。前台 Emily 看见他，急忙起身。

“先生……”

林渊看也不看她，径直往里走。

Emily 连忙追了上去，拦住林渊：“先生，孙总不在。”

“我看见他的车了，就停在街对面的停车场。”

Emily 一时语塞。林渊抬脚就要往里走，却被 Emily 再次拦住。

Emily：“先生，你要干吗？孙总坐的公司的车。他真的不在。”

林渊看看 Emily，又朝办公区看了看，脸色拉了下来，转身离去。

Emily 第二次骗到了林渊。孙维成这个时候正和 Peter 在办公室进行采访前的排练。Peter 拿着稿子坐在孙维成对面，孙维成坐在办公桌后面，西装革履。

孙维成：“作为一个金融理财公司，海涛金融的工作重心一如既往，那就是‘为客户谋利，对社会有益’。”

说到“为客户谋利，对社会有益”，孙维成突然笑着看向 Peter：“这个口号是谁想的，不错哦。翻译个英文，可以做推广。”

接着他看了看稿子，继续背道：“公司今日已立项，在全国铺开大型亲子乐园项目……”

孙维成忘词了，Peter 立刻看着稿子提醒他：“后面您可以顺势提上市计划。”

孙维成沉吟片刻，说："不好，这样显得我太急功近利了，得在中间加个过渡。"

"好的。"Peter 连忙在稿子上做笔记。

孙维成想了想，问 Peter："你觉得打点感情牌怎么样？"

Peter 有些疑惑："可是这档节目蛮专业的。还有，主持人不好搞，如果煽情，后面怎么把话题转到上市这件事情上，会不会失焦？"

"我知道。"孙维成有了新的打算，"采访的目的我不会偏掉，不用担心，我会见招拆招。让我再想……"

正说着，门突然被推开。

Emily 走了进来，对他说："孙总，您太太来了。"

孙维成的脸色忽然变了，他点点头，对 Peter 说："你先把前面这些改了。"随后，他又看向 Emily："你让她先在外面等我一会儿。"

得了"圣旨"，Emily 忙去通知张梦欣。

等候的时间里，张梦欣自己在公司里转起来，像是在巡视员工的工作状态。

她的目光不断追寻着忙碌的女员工，注意着她们的手腕。她觉得每个女人都可疑，抑制不住要去观察。

"孙太太。"

一个柔和的声音叫住了她。张梦欣回过头，迎上了声音的主人——Emily。

Emily："孙总在忙，他让您先到会客室等一小会儿。"

张梦欣微微一笑，点了点头，跟随 Emily 来到会客室。

Emily：“您喝咖啡还是茶？”

“都行。”张梦欣心不在焉，四处打量。

Emily：“孙总说红茶养胃，给您泡这个吧。”

说着，Emily落座，开始给张梦欣沏茶。她的动作既娴熟又优雅，手指长且白。张梦欣忍不住多看了一眼，正巧注意到Emily腕口露出的手表。

张梦欣惊了，Emily却全然没有察觉，仍旧在专心泡茶。张梦欣的面色微微扭曲，忽然起身往门口走去。

Emily只觉得奇怪，忙放下茶具，跟了上去，可刚一出门就看到张梦欣和孙维成撞了个满怀。

“梦欣？”孙维成忙扶住张梦欣，“等久了吧，我刚结束。”

“孙太太。”Peter礼貌地打招呼。

张梦欣勉强笑了笑，以示回应。

孙维成吩咐Peter：“稿子就按刚才商量的改，改完第一时间发给我看。”

Peter应了一声，快步离开。

“Emily，你也去忙吧。”孙维成看向Emily。

Emily没有作声，紧跟上Peter的脚步，走了。

她心虚了，就在孙维成对她说话的一瞬间，她注意到了张梦欣看她的眼神。

女人的直觉告诉她，危机来了。

02

孙维成放下办公室的百叶窗，遮住外面的视线。再回头看向张梦欣的时候，却发现她呆坐在椅子上，满脸心事。

“你说你来也不提前打个招呼，我好派车去接你啊。”孙维成说着，去扶张梦欣的肩头，被她不着痕迹地躲开了。

孙维成两手一僵，问她：“怎么了？”

张梦欣没有回答，孙维成了然一笑：“我这阵子的确比较忙，等腾出空来，我带你出去散散心，到国外走走。”

张梦欣没有接话，看着孙维成的办公桌，忽然问：“那张合影呢？”

孙维成一愣，顺着她的视线往办公桌上看。

张梦欣：“我记得你桌上原本放了一张我跟儿子的合影。”

“我收起来了。”孙维成走到书柜前，打开柜门找出那张合影，打算重新放回到桌上。

“不想放就别放了，别勉强。”张梦欣从孙维成手里拿过合影。合影上，亮亮倚在她的怀里，笑得很开心。张梦欣注视着儿子的照片，眼圈渐渐红了。

孙维成看着她，疑惑，同时也万分不安。

“梦欣，你今天来公司，有什么事要找我吗？”孙维成试探着问。张梦欣抬起头，脸色已经恢复了平静。她抱紧手里的照片，对孙维成说：“我就是来拿这个的。”

孙维成彻底蒙了。张梦欣头一低，离开了办公室。

“梦欣！”孙维成慌忙追了出去，“我让人送你回去。”

“不用，我自己打车走。”张梦欣越走越快。

“那我开车送你。”孙维成心里很乱，却又必须在员工面前保持镇定，不让他们看出端倪。于是，他大步上前，一把搂住张梦欣的肩膀。

“不用！”张梦欣想甩开他的手，无奈孙维成搂得很紧。

“听话。”孙维成的声音虽然低，但却充斥着冷酷的情绪。

就在他们夫妻二人走到电梯门口的时候，一直等在外面的林渊突然冒了出来。

“孙先生。”

孙维成立马认出这个声音，脸色顿时变了。

“孙先生。”

又是一声，张梦欣转过头一看，也认出了林渊。

林渊走到他们面前，看着背对他的孙维成：“我带了点东西，都是跟仓库火灾有关的，还有我班长的一些资料，麻烦你看一下，看看能不能想起什么。”

孙维成有些恼了，转身推开林渊递来的东西，冷冷地看着他：“不是跟你说了吗，有事联系我秘书。”

“我没有别的意思，只是想请你帮我回忆一下。”林渊再次强调自己的意图，“这件事对我很重要。”

孙维成烦了，不免加重语气：“林先生，我很感激你们消防中队。你班长牺牲了，我也很遗憾。当初你要是有困难，没准儿我还能帮上忙，可事情已经过去五年了，恕我无能为力。”

电梯门打开，孙维成拉着张梦欣就走。张梦欣仓皇回头，看了林渊一眼。林渊一咬牙，一把摁住电梯门。

林渊："你是那间仓库的老板，你有后门的钥匙。"

孙维成的脸色变得极为难看。张梦欣像是想起了什么，惊愕地看着林渊。

林渊："钥匙在你手里，如果不是你，那扇门又是谁打开的？！孙先生，我班长回去救的人是不是你？"

电梯门因为延时关闭发出了尖锐的报警声。

孙维成拉着张梦欣走出电梯，使劲压抑着爆发的情绪，冷冷地说："钥匙，保管员也有，你凭什么认定是我？难道你忘了吗，是你亲口告诉我，当时你已经确认过仓库里没有人了。怎么，找不到人就想栽赃到我头上吗？！"

"我只是想要一个真相！"林渊的情绪突然变得很激动，边说边往前凑了一步。孙维成下意识地将张梦欣护在身后。

这时，电梯门打开，保安来了。

"请这位先生离开吧。"孙维成终于松了一口气。

保安架住林渊，把他往楼道里拽。林渊猛地挣扎，却被保安死死摁住。

"林先生，你下回再这样，我可就要报警了。"孙维成拉着张梦欣进了电梯。

林渊注视着渐渐关闭的电梯门，忽然喊了起来："你当时是不是穿了一件灰色的风衣！"

孙维成目光一凛，透过电梯门合上的缝隙，狠狠地看着林渊。

林渊又喊道："当时塌方了，班长被困在里面，我跟其他战友撤出来抢救他，就是那个时候，在后门口……"

电梯门合上了，孙维成拽着妻子，一直到地下停车场，将她送到车上，驱车离开。

张梦欣思绪万千，呆坐在副驾驶座上，怔怔地望着窗外的景色。孙维成见她一言不发，试图缓解僵持的氛围："公司在湖州有个项目，我得出面一下，明天就回来。"

张梦欣没有吭声。

"对了，一财的那个专访，明天晚上放。"孙维成停顿片刻，"我早点回来，我们一起看，好吗？"

张梦欣没有理他，过了好几秒，突然问："五年前那场火灾，你有瞒着我什么吗？"

孙维成知道张梦欣在问什么，侧目看着她："瞒你什么了？"说着看向前方，"你是不是觉得我在骗那个家伙？我是会撒谎的人吗？"

孙维成这样回答，张梦欣一点也不意外，不禁扭头看着他，讥讽道："对，你不是。"

孙维成听得出张梦欣的语气，也知道她这句话说的是什么，手表。他断定张梦欣起了疑心，却不能就此多解释。

"停车！"

孙维成照做，靠边停了下来。张梦欣下了车，把车门重重关上，抬脚便走。

看着妻子的背影，孙维成摇下车窗，喊道：“明天晚上九点。”

张梦欣脚步一顿，又听孙维成喊：“我提早回来，在家等你。”

张梦欣眼睛一闭，再突然睁开，快步离开。孙维成盯着她的背影，缓缓关上车窗，嘴角堆砌的笑意也悄然隐去。

03

孙维成离开后先回了公司，随后赶到湖州办理公事，等回到酒店的时候已是深夜。他沿着酒店走廊，在 2866 房间门口停下，轻轻敲门。

门打开，Emily 站在门口，对他笑笑，将他让了进去。

Emily 带上房门，刚一转身，孙维成就拦腰抱住她，并开始疯狂脱她的衣服。

“喂，喂，你今天怎么这么急？”

Emily 微微挣扎，孙维成却不放手，还顺着她的衣服往里摸。

Emily 开始娇喘，但随着孙维成的动作越来越粗暴，她便猛一挣扎，将孙维成狠狠推开。孙维成先是一愣，随后扑了过去，疯狂撕她的衬衣。

Emily 挣扎起身，可马上又被孙维成按住并整个翻了过来。孙维成掐住她的胳膊，反剪到背后。Emily 吃痛，但也无能为力，只好任由他胡作非为。

此时，张梦欣枯坐在卧室里，反复琢磨着孙维成说过的那句话：“以后别再偷偷扔衣服了，不喜欢就说，我再给你买。”

张梦欣越想越不对劲，忽然起身，一把扯开衣柜门，将里面的衣服一件件扔了出来。随后，她又开始在卧室里翻箱倒柜，书橱、床头角落……就连悬挂结婚照的地方也不放过，可终究一无所获。

她喘息着后退，突然跌坐在地，扫视满屋狼藉。这时，她的目光停留在书橱最上方的一摞书上。只有那里被遗漏了，于是她搬来凳子，爬上去移开这摞书，终于露出了掩藏在书本后的摄像头。

孙维成也发现了。此时此刻，Emily泡在浴缸里，他站在洗手台前，背对着Emily，一脸阴沉地看着手机。手机界面里，张梦欣转身离去，留下死寂的房间和狼藉不堪的画面。

孙维成的脸色难看极了。

这时，Emily裹着浴巾从他跟前走过。他伸手去拽，却被一把甩开。看着Emily到卫生间另一头穿内衣，他忽然意识到，Emily这是要走。

孙维成走回床边，下意识去摸床头柜上的打火机，却发现不见了。他一把按下开关，打开大灯，仔细搜索，终于在柜子的缝隙里找到了。

他松了一口气，擦拭着并不存在的灰尘。

“破打火机，整天当宝贝。”Emily穿好内衣，走到孙维成面前，看着他。

孙维成不悦，起身将她推倒在床上，又是一番纠缠。

他生气了，Emily这样的女孩子怎么会知道这个打火机对他来说，有何等非凡的意义。可是他不说，谁又知道它的意义呢？就好像兢兢业业的儿科医生周清，无论如何也不知道孙维成缠着他不放，究竟有什么意义。

04

第二天清晨，李彤早早为全家人准备了早餐，可周清还没起来，儿子轩轩又什么都不吃。这让她的心情糟糕透顶，她受够了这种压抑的清晨。

“吃！”李彤舀起一勺蛋黄递到轩轩嘴边。

“我不要吃蛋黄。”轩轩扭头避开，开始哭闹起来。

“吃了！吃蛋黄才能变聪明！快，吃了！”李彤得语气怎么也柔和不下来。

“我不吃我不吃，我要看动画片，我不吃！”轩轩越闹越大声，李彤却趁机把一勺蛋黄塞到他嘴里。

轩轩想吐出来，却被李彤唬住了。

“不许吐！咽下去！”

轩轩开始哭。

周清从沙发上翻身起来，打开电视，对李彤抱怨：“你让他看不就好了？”

孩子一看电视开了，哭声也停了。

周清走过去，拿走李彤手里的餐具，蹲下身交给轩轩：“我们轩轩想早点长大吗？要做个男子汉，对吗？”

轩轩盯着电视，点点头，接过餐具一边吃一边看。

搞定了孩子，周清扭头进卧室换衣服，李彤也跟了进去。

“吃饭看动画片，都是你惯的！”说着，李彤开始换衣服，“我马上得走，你赶紧把轩轩送你妈那儿去。”

周清不吭声。

“我白班一整天，你下午别忘了接。”

周清含糊地答应着，李彤又说：“还有下午两点，别忘了。”

周清仍然只顾应着，根本没注意她在说什么。

“上次聊得怎么样？”李彤问。

“挺好的。”周清不假思索。

“都聊什么了？”李彤又问。

周清回过神来：“也没什么，就问工作、生活。”

“你撒谎！”李彤突然提高声量，“我问过秦小姐，你根本就没去。”

周清一愣，把脱下来的睡衣往地上一扔，扭头就走。李彤一把拉住他：“今天下午两点，你必须去。”

周清不说话，李彤逼问：“你听见没有！”

“别逼我行吗？”周清的语气里透着无奈的哀求。

“你不去，我就请假陪你去。”李彤没有感受到周清的情绪。

“行，我去！”周清被逼急了，使劲摔上卧室门。

这时，外间传来孩子的哭声。

“我为谁呀！”李彤委屈极了，她捡起周清扔在地上的衣服，随手往床上一丢，跑向客厅去看孩子。

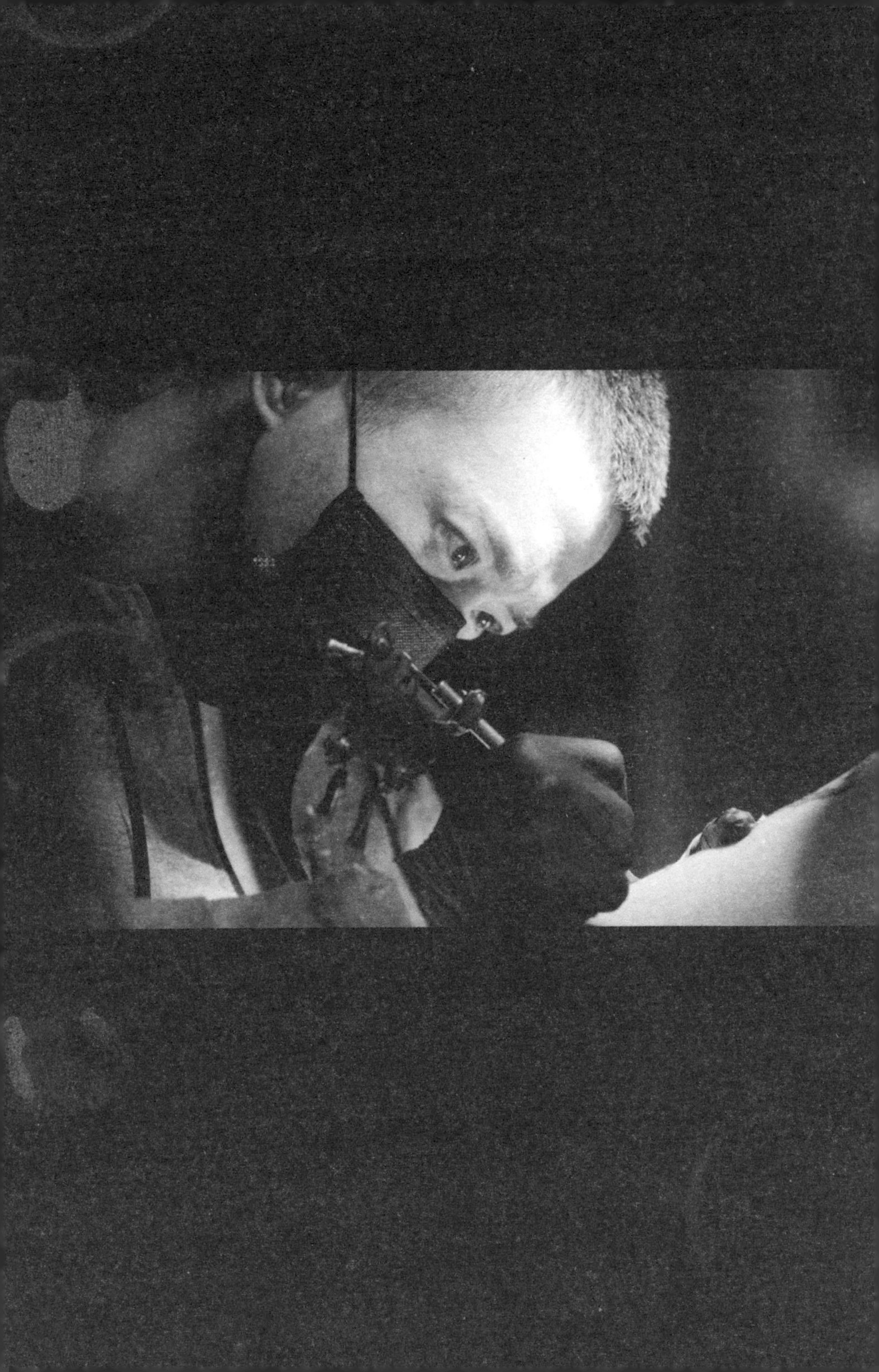

Chapter 8.

如果不是你撒谎，我不会找你妻子的。我从来就没有觉得你有病，我只是想帮你。

01

“里面有人吗？”

“没有人了！”

“确定吗？”

“确定！”

林渊穿着灭火战斗服，抓住安全绳使劲向后拉扯。顷刻间，仓库坍塌，林渊应声倒地，安全绳也掉落在地上……

“呼！”

林渊猛然惊醒，从床上坐了起来，满头大汗，呼吸急促。好一会儿，他才跳下床，来到盥洗室。

镜子里映出他的样子，他盯着自己的影子，抬手摸着胸口那串数字。渐渐地镜子里映出孙维成的影子。

此刻，孙维成如期返回上海，但没有回家，而是直接去公司准备一财的节目专访。办公室里，他也看着镜子里的自己，仔细整理着发型和衣服。

Peter 拿着改好的发言稿走到他身后，想请他看审阅。孙维成接过稿子，发现 Peter 在稿子上做了很多负面应对的备注，满意地点点头。

“到时候，如果问题太尖锐，我会根据情况干涉一下。”说着，Peter 拿来一条领带递给孙维成。孙维成放下稿子，接过领带放在胸前试了一下，摇摇头，递还给 Peter，“换那条宝蓝色的。”

Peter 取来那条宝蓝色的领带。孙维成系上后点点头，前往摄影棚。

可等他到了摄影棚，又突然感到一阵阵不安，难道这条领带还是不对？孙维成在心里嘀咕。

这时，主持人在开嗓子，发出各种叫声。

孙维成坐下，看着斜上方射来的聚光灯，眯起了眼。

“试音，试音。”录音师的声音传来。

主持人随即发出“Testing，testing，test，test，1，2，3，1，2，3，bla，bla，bla……”的怪声。

“OK。嘉宾。”录音师提醒孙维成。

孙维成对着耳麦：“喂喂喂。”

“OK！”

录音师话音落下，主持人和孙维成微笑着点头示意。

“来，准备，5，4，3，2……”编导戴着耳机，做了个1的手势。

“观众朋友大家好，欢迎收看《金融观察》。今天，很高兴能邀请到海涛金融的CEO，孙维成先生。”主持人说着，转向孙维成，“孙先生，欢迎您。”

“您好，马先生。”孙维成的笑容十分谦逊。

主持人：“在正式开始我们的对话之前，让我们先来看一个短片，一起了解下海涛金融所在的国内P2P行业的现状。”

五秒之后，主持人松弛下来。编导则在准备下一段录像。

“下一段，准备，5，4，3，2……”编导再次做出1的手势。

主持人：“孙先生，您为什么会说在15岁的时候就把自己的一生都规划好了？”

孙维成吸气，面带微笑，侃侃而谈："哈哈哈，只能说至今啊，至今。十几岁是男人的关键阶段。我是小地方出来的，从小就知道需要努力，只有明确了目标才能知道要怎样去努力。"

主持人："到现在为止，都完成了吗？"

孙维成笑笑："目前为止，还不错。"

主持人也笑了，他把孙维成的话重复了一遍，却是用疑问的口气。

"没有啦，我们还是家创业公司，路还很长。"孙维成隐隐感觉到，这个主持人果然很难缠，随处都是他挖的"坑"，一不小心就会掉进去。

02

"咚咚咚！"

林渊正给 Shaka 喂食，突然听到敲门声，抬头一看，竟是田博。

田博站在外面，没有推门进来。林渊看着他，脸色微变，走到门口拉开店门。

"上回我没给钱就跑了是我的错。"说着，田博指指外面停着的车子，"我车里的东西，看上什么你随便拿。"

林渊来到车边，看看车里的东西，被褥、洗漱用具一应俱全。显然，车不仅是田博谋生的工具，还是他的"家"。

林渊叹了口气，把田博推进店里。田博不知道他要干什么，反抗了一下，正好碰到包着纱布的手，疼得倒抽一口凉气。

林渊："不进去涂药，手想烂掉吗？"

03

“不，不会。”

摄影棚的监视器里，孙维成一脸果决。

主持人继续追问：“今年，国家相继出台了一系列监管政策。有消息称，大环境正在收紧，今后这个行业将由以前的野蛮生长渐渐转变为规范发展。你真的确定这不会影响海涛金融的上市计划吗？”

“我相信今年对于互联网金融来说，应该是痛并成长的一年。毋庸置疑，互联网金融需要规范，但所谓‘规范发展’的重点还是发展嘛！”说到这里，孙维成摊手一笑，“至于主持人的担心，我反而认为是海涛金融的机遇。行业洗牌，我相信以后更好的平台能有机会崭露头角。”

“看来，孙先生非常有信心啊。”主持人看孙维成没有掉进他精心挖好的“坑”里，又问，“海涛金融这半年来一直致力于亲子乐园项目的投资，受到越来越多的家长和孩子的青睐，能谈谈您关于这方面的想法吗？”

孙维成沉吟片刻：“从商人的角度来说，抢占市场先机就意味着掌握了利润最高、竞争最小的黄金发展时期。从私人角度来说，我是个父……”

孙维成突然停了，面色随之动容：“曾经是个父亲。我的儿子在一年前去世了，自私一点说吧，我现在所做的一切，所有的出发点都是为了他。”

孙维成突然哽咽起来，但又很快收拾好心情，继续说：“对我来说，亲子乐园不单单是个项目，它更像是我一个没能实现的梦，是一个父亲对儿子的亏欠。我以前没有时间陪伴他，现在想陪却没有机会了。全天下很多很多父母，我希望他们能在海涛金融投资的亲子乐园里多多陪伴孩子，体验亲情，这也算实现了我最初投资这个项目的初衷了。”

听到这些，主持人也情不自禁为他鼓掌。

“五年前，您做的是对外贸易。五年时间，在一个对您而言完全陌生的行业做到如今的规模，堪称是一个商业奇迹。”

孙维成知道，主持人这番话不是真的在称赞他，而是在为新的“坑”做铺垫。

果不其然，主持人紧跟着就说：“但是也有质疑的声音，说您是靠着五年前那场仓库大火的保险，才挣到了转行的第一桶金。对此，您有什么看法？”

镜头给了孙维成大大的特写。

孙维成的脸上露出一丝尴尬，但马上收了回去，面不改色地说：“那场大火，对我来说，是人生的第一个绝境，不过也是一次转机。我知道外面有很多流言，但我相信清者自清。我不会耗费精力在无聊的事情上。”

“我们的记者还调查到……”主持人看了看手上的题板，“前两天有一位退伍的消防战士去找过您，是为了这件事吗？”

孙维成的脸色微微一变，心跳也陡然加快。

04

“不是。”

纱布拆开，林渊看到清洗文身的伤口已经发炎，伤口上还有几个烟头烫的疤。

“真不是你自己烫的？”林渊看着田博，追问。

田博吸吸鼻子：“烟头。”

林渊起身拿来碘酒和棉签，帮他清洗、消毒。田博本能地想抽回手，却被林渊按住：“别动！”

林渊的语气像极了军队的命令，田博不敢再动，再疼也任由林渊擦拭伤口。

“我先给你消毒，过一晚再看看情况。”

“对不起。”田博道歉。

林渊没搭理他，田博自顾自地说：“我车里有个电磁炉，还有点别的东西，能卖点钱，不然……”

“能值几个钱？”林渊打断他，“把你那辆车的发动机卖了也不一定能抵得了。”

田博被噎了一下，低声说：“我问过了，发动机能卖一千多。”

林渊没想到，他竟然真的有过这个打算，忍不住抬起头看看他，心里酸酸的。

林渊：“你的东西我一样也不要，钱，你也不用着急给我。但是，手是你自己的，有钱了先去医院看伤去。”

说着，林渊起身去拿纱布，田博也跟着站起来，注视着林渊的背影。他想了想，撩开另一只袖子，看了看自己的表，送过去给林渊。

林渊："干什么？"

田博："先押在你这里，等还上钱了我再拿回去。"

林渊看看手表，没有接。田博却急了："你别嫌这块表不值钱，我肯定会来赎的。这是我爸给我的。"

林渊见他急了，只好接过手表："行，我先替你收着。"

田博的心这才安宁一些。所谓父子一场，最后竟连这唯一的念想也不能保全，想来也是可怜。而那母子一场的呢，唯一剩下的也不过是文鸟一家的记忆。

张梦欣看着孩子们在画室里画画，看着孩子画笔下的小鸟翅膀张开，脑海中浮现出亮亮的身影。也是一个阳光明媚的日子，她用水彩笔在亮亮的肩膀上画了一对小翅膀，亮亮笑得格外开心。

"老师，这样画对吗？"

孩子的话打断了张梦欣的思绪，她收敛情绪，夸奖孩子画得好。

"我不会画小鸟的家，老师你能帮我画吗？"

张梦欣接过孩子的画笔，开始在纸上勾勒鸟巢。一边勾勒，一边说："小鸟的家啊，是他爸爸妈妈用小树枝和羽毛一点点搭建起来的，又温暖又结实。刮风下雨的时候，爸爸妈妈就会保护小鸟……"

孩子似懂非懂地听着，张梦欣渐渐又沉浸到自己的情绪里。有那么一瞬间，她感觉自己又收到了医生递来的病危通知书，而那个医生仍然是周清。

“目前，我们的所有抢救措施恐怕都无法挽救……”

周清当初说过的这句话又在她的脑海里回荡，而病危通知书上的字迹也在她脑海深处愈发清晰：“患者病情危重，经积极抢救仍无明显好转，随时有死亡风险。特与家属交代病情……”

“请在签名栏写下继续抢救，或是放弃治疗。”

她清晰地记得，周清说出这句话的时候，眼泪啪嗒落在病危通知书上。也就是那个时候孙维成才第一次出现在医院里。

他气喘吁吁，大喊大叫：“亮亮，亮亮怎么了？”

张梦欣忍不住上去拍打他,质问他去了哪里。孙维成却无法回答。

张梦欣握紧孩子的画笔，越画越快，脑子里的碎片信息也呼呼闪过，越来越快。她想起亮亮的卧室门敞开着，一个工人在孙维成的指挥下把卧室墙壁全贴上墙纸，而房间已经差不多被搬空了。

“唰！”孙维成撕掉了门上的文鸟贴纸。

“砰！”亮亮的卧室房门被关上，一把钥匙插进锁孔。从那以后，她就再也没能进去过。

彩色铅笔在纸面上滑动得越来越快，啪的一声，铅芯断了。

张梦欣怔怔地望着纸面，那上面画着文鸟爸爸和文鸟妈妈正衔着树枝建筑鸟巢，小文鸟在旁边雀跃着。

张梦欣盯着那只刚画好的文鸟爸爸，忽然将画纸揉成一团。

孩子被吓到了，号啕大哭起来。

张梦欣被孩子的哭声惊醒，这才发现自己情绪失控，急忙抱住孩子，想要安慰他。

“对不起，对不起，老师不是故意的。”

孩子不管不顾，哭得越来越厉害，嘴里不住地叫着“妈妈”。

“妈妈在这儿，妈妈在这儿。”张梦欣用力抱紧孩子，泪水随之滑落。她哽咽的声音和孩子的哭声混杂在了一起……

05

田博走后，林渊俯身在工作台为一个姑娘转印图案，正是秦川帮忙设计的那片羽毛。这时，周清怒气冲冲地进了小院，径直上楼，也不敲门，直接将门推开。

“周先生？”秦川正在整理周清的资料，不禁被吓了一跳。

周清厉声质问：“你跟李彤胡说什么了？”

秦川一时不知道该怎么回答。周清盯着她，冷笑一声：“这就是你的职业道德？”

“对不起！”秦川压低声音，“这件事我处理得不妥，如果让你感受到不舒服，我先向你道歉。”

周清：“我要终止咨询。”

秦川：“我们能好好谈谈吗？”

“我们能谈什么？除了‘你有什么感受’，你还会问什么？”周清冷笑一声，模仿秦川的语气，“这对你意味着什么？”

“周先生……”秦川压着火气，周清的火气却越来越大。他指着沙盘和模具吼道：“这些破烂对我来说什么感觉也没有，根本就是骗小孩的玩具，垃圾！”

“周先生。”秦川提高嗓门，“在咨询当时我就向您说明了，有必要我会联系您的妻……”

周清再次打断她：“你不就想打听别人家的那点私事吗？你不就想告诉她我有病，让她多掏点儿钱吗？”

秦川忍不住吼起来：“如果不是你撒谎，我不会找你妻子的。我从来就没有觉得你有病，我只是想帮助你。”

“你帮不了我，你就是个哄小孩的江湖骗子。你根本什么都看不到。”说着，周清转身就走。

“我所说的，都是评判成年男性抑郁的典型症状。”秦川盯着周清的后背，无奈地说。

周清被说中了心底的症结，僵立在原地。

秦川：“冲动情绪和攻击性行为，是内在情绪无法宣泄而产生的极端应对机制。比起女性的情绪症状，男性会更多地表现出明显的身体症状，比如长期的头痛、胃痛。面对这种情况，男性会更倾向于‘自我治疗’。而这些错误的治疗方式，大多表现为成瘾行为。比如工作狂，完美主义，再比如大量服用药物。”

在秦川的目光下，周清几乎无法立足。

争吵终于平息了，楼下小店里修复疤痕的姑娘也不由松了一口气。

林渊帮她擦去肩头上的泡沫，那片羽毛完全呈现出来。

“我看不太清。”姑娘走到镜子前，照了照。

林渊又找了块小镜子，在后面帮他照着。

“很好看，像一片真的羽毛落在身上。”

林渊和姑娘几乎同时回头，只见张梦欣静静地站在他们不远处。

“的确很好看，能帮我拍张照片吗？”姑娘笑嘻嘻地看着张梦欣。

张梦欣接过她的手机，帮她拍照。

林渊看着张梦欣，不知道她的来意。

张梦欣帮姑娘拍完照片，还了手机。姑娘一张张翻看，非常高兴。

“太好了，终于可以穿露肩的婚纱了。”

看着姑娘的笑容，张梦欣心里五味杂陈。

“先别急着高兴，还没完。”说着，林渊给姑娘的修复文身包上了保鲜膜。张梦欣看着有些尴尬，但也只能耐心等待。

张梦欣：“林先生……”

林渊没有理会张梦欣，只是嘱咐姑娘：“别喝酒，别吃辣，有什么问题随时联系我。保鲜膜三个小时以后可以拆。”

“谢谢老板！”姑娘再次道谢，这才走了。

“林先生。”张梦欣再次打开话头，林渊却一转身，开始收拾文身枪和墨水。张梦欣站在他身后，讷讷开口：“林先生，我今天来，是替我丈夫道歉的。”

林渊仍然不回头。

张梦欣继续说：“你们救了他，他不该那么对……”

林渊打断她：“我不需要。”

张梦欣：“可你的班长……”

林渊再次打断她：“他更加不需要。你要真的有心，就劝一下你丈夫。我并不想为难他，我只想知道真相。”

张梦欣不知道该说什么，她比谁都清楚，这是不可能的。

06

楼下的两人无话可说，楼上的两人却渐渐进入状态。从接受秦川的帮助以来，周清第一次敞开心扉，至少第一次如此坦诚。

秦川直视着周清：“我明白你的感受，你也很想好起来，让家人朋友不再为你担心，可是你做不到。你的负面情绪全都积压在心里，只能借用工作和服药来逃避。”

秦川走到窗边，看着窗外的阳光，言辞恳切地说：“周清，我很想帮你！”

周清想笑，笑容随着脸上的表情一阵扭曲。

“不,你根本就不懂。你知道每天晚上睁着眼睛等天亮的滋味吗？只要一关灯躺下，就有无数的声音告诉你，你是一个烂到家的人。我甚至不敢动哪怕一下，生怕吵醒李彤。我真的害怕，害怕她惊醒后问我‘你是不是又失眠了’。”

秦川没料到周清会跟她说这么多。

“每次头疼的时候，耳朵里都是嗡嗡的声音，根本没办法集中注意力,就连正常讲话都需要调动全身的精力。那种滋味你能体会吗？”

秦川转过身看着他，此刻，没有什么比做一个忠实的倾听者更加重要。

"从我这里看过去，世界是一片灰色。因为我被卡住了，被一团烂泥卡住了，我爬不上去，只能一路往下掉。你现在还敢说你能帮我吗？你那些书本上的说辞能帮我吗？"

周清的声音发抖，眼里噙满泪水。

"周清……"秦川的话刚到嘴边，周清便扬起手示意她不要说，随即转身离开。

门又一次关上了，秦川感觉此刻被关上的不仅是房门，还有周清的心门。

林渊听到楼上的关门声，下意识看了眼窗外，手里却不停地收拾工作台。他把针头、擦墨水用过的纸都扔进垃圾袋，权当张梦欣是空气。

张梦欣一直站在原地，抓紧手里的包，轻声说："不管你接不接受，我都该跟你道……"

"还有别的事吗？"林渊打断了她。

张梦欣转身想走，正好看见周清走到小院里，忙追了出去。

张梦欣："周医生，请等一下。"

周清停下脚步，愣愣地看着张梦欣。

张梦欣："周医生，我知道不是你的错，我……"

周清一言不发，只是看着她，这反倒让她说不下去。

"对不起。"张梦欣艰难地挤出三个字。

"对不起？"周清觉得非常可笑，不禁冷笑，"你们折腾我这么久，现在却来跟我说对不起？"

张梦欣不知道该怎么接。

“孙太太,求你放过我吧。”周清的语气有些扭曲,“你还想怎么样?是不是非得我死了，你们两口子才称心如意啊？”

说完，周清径直走了。

张梦欣这才意识到这场官司对周清的影响竟到了如此地步，可她又能做什么呢？除了道歉，她想不到更好的办法，因为她无法阻止孙维成。

她很难受，一个人沿着黄昏的街头漫无目的地走。手机在口袋里不停地响，她也没有接，直到走累了，才在街边的长椅上坐下，茫然不知何处去。这时，手机又想了，她掏出来看到孙维成的名字，终于忍不住哭出声来。

07

入夜后，秦川到林渊那里去蹭饭。一桌美味，却如同嚼蜡。

看着林渊心不在焉的样子，秦川犹豫了好一会儿，忍不住问:“下午那个女的……是谁啊？”

林渊抬头看了她一眼:“下午有两个女的来过，不知道你问的是哪一个。”

秦川:“就是下午两三点，三四十岁那个女的。”

林渊:“一个客人，我和她不熟。”

林渊的态度很冷淡，秦川竟然有些生气。

秦川:“又没让你说什么机密，我是看见她跟我的一个来访者好像认识，所以才问你。”

林渊不仅没有回答，反倒问：“那你今天见的那个男的又是谁，干什么的？”

秦川被噎住了，干脆把筷子一放，拿起电视遥控器换台。

这时，电视里传来孙维成的声音。

“那场大火，对我来说是人生的第一个绝境……”

林渊听见孙维成的声音，立刻夺走遥控器，调回刚才的频道，画面里重新出现孙维成的面孔。

“我知道外面有很多流言，但清者自清，我不会耗费精力在这些无聊的事情上。”

电视里，主持人问孙维成：“我们的记者还调查到，前两天有一位退伍的消防战士去找过您，是为了这件事吗？”

电视里的孙维成直视前方，一脸自在地回答：“我和他是朋友。五年前，一个消防战士为了救我牺牲了自己，这件事一直萦绕在我心底，我为自己捡回的这条命感到幸运。从那以后，我就感觉自己的身体里住着另外一个生命，在我的皮肤之下，安住着另一个灵魂。我是一个失去过儿子的男人……”

孙维成当真湿了眼眶，就连电视机前的秦川也被他深深地打动了。可林渊的拳头却是越握越紧。

孙维成在电视机里滔滔不绝：“不瞒大家，我从小家境贫寒。最苦的时候，父母连一年的学费都交不出来。没有钱，所谓的人脉也就无从谈起。很多人可能会觉得，仅仅是贫穷这一点，就已经是生活对自己最不公正的待遇。但我不这样认为，因为恰恰是贫穷磨炼了我的意志和心态。”

林渊按下遥控器，关掉电视，一拳砸在桌上。

08

“很多人都想成功，但却不是任何人都能够成功，而且成功的关键到底在于什么，成功的意义又是什么？打个比方……”

孙维成坐在客厅的沙发上，欣赏着电视机里的自己。突然，门开了，张梦欣缓缓走了进来。

孙维成调低电视机的音量，起身看着张梦欣。

“你去哪儿了？电话也不接。说好了晚上跟我一起看白天的采访，为什么不回家？”

孙维成的口气很冲，乱发一通脾气后才发现张梦欣双眼红肿，显然是哭过。张梦欣没有理他，径直走向亮亮的卧房。

孙维成觉察到事情不对，跟了过去，却见张梦欣在试图打开紧闭的房门。

“梦欣，梦欣！”孙维成立刻上去阻止，可张梦欣的动作越来越粗暴。孙维成一下抱住她，她开始疯狂挣扎，却没能挣脱。

“梦欣，你到底怎么了？”

“我们撤诉吧！”说完，张梦欣号啕大哭。

孙维成一愣，终于放开她。

“不可能！”他回答得很坚决。

张梦欣：“我今天看见周清了，看见他失魂落魄的样子。都是因为我们，是我们在造孽，撤诉吧，这桩官司快把他逼疯了。”

“不可能！”孙维成斩钉截铁，“他有错，他害死了亮亮！梦欣，别可怜他，想想亮亮。”

张梦欣突然吼了起来：“你也快把我逼疯了。周医生已经尽力了，你为什么不肯放过他！”

“是他给亮亮用错了药！”孙维成很愤怒。

张梦欣：“我们已经败诉了一次，现在你又要上诉。你知不知道，每次一想起这个官司，我有多恨自己吗？亮亮在家里发低烧的时候，我们谁都不在他身边。那个时候，你在加拿大，我在北京，等张阿姨发现他不对劲的时候已经晚了。最后一次抢救前，炎症已经感染到了心脏，周医生用不用药都是一样的结果。”

“不对！”孙维成顺手把身边的一个花瓶摔得粉碎，“是他的错！”

“一年多了，我们谁都不愿意承认这个事实。”张梦欣自嘲地笑了，“可我们有什么资格恨别人？”

孙维成气急，扬手就给了张梦欣一耳光，把她打倒在地上。孙维成一瞬间醒了过来，慌忙去扶她，却被她一把推倒。

“对不起梦欣，我……”孙维成气自己，“我最近太烦躁了，公司的事，周清的事，全都堆在一块了。”

“还有那个消防员的事，对吗？”张梦欣泪眼婆娑地看着他。

孙维成表情一僵，突然意识到了什么，质问道：“你去找他了？”

张梦欣："我只想弥补我们犯下的错。"

孙维成："我们有什么错，你也跟着他们来逼我吗？"

张梦欣："你以为我什么都不知道吗？"

孙维成一下愣住了。

"火灾那天我也在。"张梦欣看着孙维成的眼睛，"还有亮亮生病的时候，你真的在加拿大谈生意吗？"

孙维成猛然站起,转身就走。张梦欣提高声量,吼道:"Emily 的事,你还想瞒我多久？！"

"张梦欣，我觉得你最近有点太忙了。"孙维成彻底翻脸了，"你要是不想上那个班，我替你辞。"

张梦欣一脸惊愕地看着他："你凭什么？！"

孙维成吼道："有家长投诉你，你把人家孩子都吓哭了。我就不该一时心软，让你去上班。从今天开始，你也别出门了，省得你净出去见不该见得人。"

张梦欣愣愣地看着他："你凭什么把我关在家里？"

"我是为你好。"孙维成逼近她，顿了顿说，"你要是还想工作，等我的亲子乐园项目建好了，可以让你参与啊。"

张梦欣一脸错愕，说不出话来，只是呆呆地看着孙维成摔门离去。她坐在沙发上，笑了，悲哀地笑了。

Chapter 9.

这是他有记忆以来，爸爸和妈妈第一次剧烈争吵。在他小小的世界里，那个甜到恨不得见一次吃一口的爸爸，不见了。

01

夜色一如往常点缀着这座繁华的都市，“无名小路”的霓虹灯还亮着，隔壁的烧腊店食客渐稀。

田博又来送货，他把最后两个箱子搬进店里，扶着墙一个劲地喘着粗气。腊店老板数给他三百块钱，又把打包好的盒饭递给他。

“回头热热再吃，别吃凉的。”烧腊店老板总不忘叮嘱他，于他来说，在这样一座城市里遇到这样一个孩子，多少也算是一种缘分，只是不知道缘深缘浅，也不知道结下的善缘还是恶缘。

田博答应着往外走，老板忽然想起什么，又叫住他。

“田博，刚才你哥来找你了。”

“我哥？”田博蒙了，他哪来的哥呢？

烧腊店老板补充说：“手上还有个文身，跟你一样的……”

田博的脸色顿时变得惨白，扭头就跑。他喘息着拉开车门，正要往里钻，却被一只大手抓住肩膀，拽了下来。

田博回头，一记重拳迎面袭来。

这一拳，不知不觉将田博打回到两年前的记忆里。那时候，他还留着很长的头发，脸上稚气未脱。而这一拳的恩怨正是在那年冬天的一个深夜里发生的。

那个夜晚前一天，他和往常一样溜进一幢居民楼，确定四周无人后，背身敲了敲门。连续敲了几次都没人应答，他便从口袋里掏出一支笔，在门口的旧春联底部右下角的隐蔽处画下三个空心五角星符号……

第二天夜里，一个被他唤作龙哥的人开着一辆面包车，载着他来到这里。

田博："他家厨房窗户一直开着，防盗网昨儿被我撬了根杆子，从空调外挂就能进去。"

龙哥咧嘴一笑，哗啦一声打开工具包，选了件称手的工具。

"老子二十秒就能开一把十字锁，用得着翻窗户？"说着，他打开车门，看了田博一眼，"在这儿等我，机灵点。"

田博点点头，看着龙哥消失在夜色里。这样的事，虽说他干了不止一次，可仍旧紧张。

时间一分一秒过去，车里越来越冷，他缩着脖子，点了一根烟，打火机却怎么也点不着。忽然，窗外有人敲车窗，他吓了一跳，烟都掉了。

一个老人家站在窗外，告诉他这里不能停车，要他赶紧开走。

他胡乱答应着，正要挪车，却听到外面传来一声喊叫。

"站住！"

田博已经从左侧后视镜里发现了龙哥的身影。路灯下，龙哥一路狂奔，身后紧跟着两个保安。他吓坏了，急忙拉开车门想让龙哥上车，却眼看着龙哥被保安捉住。其中一个保安发现了他，指着他大喊："那边还有一个！"

田博惊慌失措，关上车门，飞驰而去。

车身猛烈颠簸，田博咳嗽一声，从昏迷中惊醒，也从两年前的记忆里抽离。

“龙哥。”

龙哥开着车，微微侧头瞥了他一眼，一句话不说，径直将车开到一孔桥洞下面。

车停下，紧跟着就是一阵沉闷的殴打声。

田博的脑袋被龙哥狠狠地按到车窗上，脸上全是血，即便如此，龙哥还不罢休，又揪住他，狠狠地朝他腹部打了一拳。田博吃痛，捂着肚子跪在地上呻吟，见龙哥还要打，他只好本能地抱住脑袋，蜷缩在地上。

龙哥一看，冷笑一声，点着一根烟，在他眼前来回踱步。

田博看得胆战心惊：“龙哥，你饶了我吧。”

龙哥：“我好不容易才找到你，要是就这么饶了你，那我那两年监狱算是蹲给谁看的，啊？”

田博:“龙哥,我知道错了。等我以后挣了钱,都给你,全都给你。”

龙哥脸色一变，踹了他一脚，随后跳上车一顿翻找。被子、衣服、洗漱用品……一件件被扔了下来。紧跟着,车子被发动了。田博急了,爬起来趔趄着扑到车门上，哀求道：“龙哥，你不能这样，我就剩下这辆车了。”

龙哥透过车窗看着他：“就剩下这辆车了？”

田博连连点头：“我吃住都在这辆车上，求你了龙哥。”

“那你以后就睡大街吧。”说着，扬长而去。

田博追不上，照着地上的石子一顿乱踢，一边踢一边哭喊：“老天哪，让不让活了！这都是些什么人哪！”

02

第二天，孙维成如若无事，正常到公司和分公司的高管召开视频连线会议。

屏幕上，一家分公司的 CEO 汇报："易联财富的事闹得很大，他们的平台已经打不开了，都说提不到钱，咱们也受到了影响。"

另一家分公司的 CEO 补充说："从前天开始就有部分客户要求提前兑付，而且数额不小。昨天和今天又有人要求兑付，我们迫于压力兑付了一部分。"

"先在平台发布限制提前兑付的公告，跟客服也交代清楚，让他们应付的时候注意措辞。"孙维成想了想，又说，"这只是权宜之计，如果客户坚持要提前兑付，我们却拿不出钱来，捅到媒体那里就不好收拾了。马上招募新团队，募集新的资金，先把这个缺口堵上。"

屏幕上的诸位老总应诺执行，会议也随之结束。

Peter 关掉视频，孙维成随即往后一仰，疲态尽显。

孙维成："明天先让浦东营业厅发一个网络技术故障的告知，看看情况。"

Peter 答应着，欲言又止。

"怎么了？"孙维成问。

Peter 揉揉鼻子，说："一财那个编导在到处打听，好像在挖我们的底。我担心他们打听出什么来。"

"知道了。"孙维成脸色一沉，"改天你约他出来，我跟他聊聊。"

Peter 答应着，退出会议室。孙维成在椅子上靠了片刻，拿起手机，调看家里的监控。猛然间，张梦欣紧盯着监控，几近变形的脸庞充斥整个屏幕。孙维成吓了一跳，再看时，张梦欣已经面无表情地调转身，走出监控画面。

孙维成开始琢磨，有些事情恐怕真的该考虑善后了。想到这里，他起身离开公司。路过前台的时候给 Emily 使了个眼色。

十分钟后，Emily 到地下停车场找到他，上了他的车。孙维成一句话不说，把车子开上了大路。

Emily 看着窗外出神，半天也不见孙维成主动和她讲话，这才问他："我是不是让你无聊了？"

孙维成淡淡地说："我最近非常忙，没时间应付别的事。"

Emily 愣了愣："那就等你有空呗，有空再回答我。"

孙维成瞟了 Emily 一眼，然后看看导航，目的地"无名小路"。

Emily："你老婆跟你说过什么吗？"

孙维成不禁皱起眉头。

Emily："那天她来公司，她看我的眼神，我感觉，她可能……"

孙维成打断她："你怕什么？"

"不是……"Emily 的确怕了。

"我说没事就没事。"说着，他长吁了一口气，"给我点时间，我会处理好的。"

Emily 盯着孙维成看了一会儿，扭头看向窗外，突然又冒出一句："她很漂亮。"

孙维成感到厌烦，这种情绪 Emily 感觉得到。

Emily："有一天，你也会对我感到厌烦。"

孙维成冷笑一声。

Emily 转过头看着他："我说得不对吗？"

"你在说些什么东西？"孙维成使劲按下喇叭。

"你已经厌烦了。"Emily 一步步逼近孙维成的心理防线，直到被孙维成赶下了车。

"这都是什么东西！"孙维成在车里咆哮，朝着"无名小路"越开越快。

"无名小路"，林渊的店名。此刻，他正把那张色调血红的画从画板上拆下来，圈起来放到一旁的画缸里。那里面，已经有好几卷了，都是这样的画面。

他取出一张新画布，正要固定，门口传来轻微的叩门声。他抬头一看，是孙维成。

孙维成对他笑了一下，推门进来。

林渊盯着他，没有和他打招呼，他也不在乎，自顾自地在店里四处打量。

林渊索性也不管他，嘴里咬着钉子，继续绷新的画布。

孙维成看着满屋的作品，突然问："都是退伍后学的？"

林渊不回答。

孙维成也不在意，又说："很不错，就是戾气重了点。"

林渊继续固定新画布，孙维成则走到一旁的沙发上坐下。

孙维成：“你在这儿看店，一个月挣多少钱？”

“我是按小时收费的。”林渊终于开口了。

孙维成追问：“那你一个小时收费多少？”

林渊把钉子狠狠地按进画板：“你今天不是来找我文身的，有什么话就直说吧。”

孙维成：“林先生，前两天你来找我的时候，我的态度不太好。这点我必须向你道歉。我今天是带着满满的诚意来的，是真的想把我们之间的误会解开，好好解决我们之间的问题。”

林渊停住手里的动作，看着他：“那你先回答我的问题。”

孙维成双手一摊，示意林渊尽管问。

林渊：“火灾发生当天，我班长是不是救了你？”

孙维成：“是。你班长的确救过我，不过我也是跟其他人一起从消防通道出来的。当时，好像是你班长护送我的。对不住，现在才想起来。”

林渊又问：“你真的没有再回去过？”

孙维成：“里面那么危险，我为什么要回去？”

林渊：“我不知道，你可能是回去拿东西，或者是别的什么。我当消防员遇到过不少这样的人。”

孙维成笑了：“你这不是在问我问题，你是在给我定罪啊。”

林渊：“我还是那句话，我只想要真相。”

孙维成：“你刚才说的不就是你心里认为的真相吗？我还能说什么？而且事情已经过去五年了，你为什么现在才问我？”

林渊竟一时说不出话来。孙维成仔细观察着他的神色，忽然明白过来。

“林先生，你当时并没有看清到底是谁吧？你并不确定，所以第一次咱们在潜水馆见面，你才会吞吞吐吐的。”

孙维成边说边站起身，“你班长的事我很遗憾，也很理解你的心情，但你也不能逼我承认我没有做过的事情啊。”

林渊忽然盯住他：“我的确没有看清，但我认出你老婆了。”

孙维成刚刚放松的神经忽然绷紧。

03

五年前。

林渊在火场塌方的烟尘里大声呼喊陈阳的名字，呼喊那个让他敬畏的身份——班长。

慌乱中，他瞥见一个人影出现在仓库后门口，他的衣服上有一个极易辨认的标识。

紧接着陈阳出了事，他和战友一起挖掘废墟，抢救陈阳。就在那个时候，那个人影再次出现在他的视野中。他看得清清楚楚，他在和一个女人拥抱。

林渊的目光紧紧追着他们。

突然，那个女人回头了。

从那以后，那个女人的侧脸就刻在了他的脑海里。

04

“我是顺着她才找到你的。”林渊撑在桌上的手攥成拳头，“我不可能认错人。”

孙维成扫了他一眼，话锋随机一转：“林先生，我说过，我非常感激你们，五年前是，现在也一样。”

“你什么意思？”林渊听不懂他的潜台词。

“我是个商人，在商言商，恕我直言，像你这样一个人守着一家店，太辛苦了，而且收入也不稳定，很难挣到大钱。”孙维成边说边观察林渊的神色，“我可以投资，你做店长，请几个师傅到你这里驻店，还能再开两家分店呢。只要我能力所及，一定不会让你失望。”

林渊难以置信地看着他，他却不以为意地谈起了条件：“我只有一个要求，别去打扰我妻子，她跟这件事毫无关系。”

林渊拼命压抑着心底的暴风雨，低吼道：“请你离开。”

“林先生……”孙维成走到门口，忽然从口袋里掏出一张名片放在窗台上，“你们是消防员，灭火救人本来就是分内的事，别这么想不开。”

“滚！”林渊彻底被激怒了。

“你好好考虑一下，想通了随时给我打电话。”说着，转身离开。

林渊压着心底的怒火，把最后一颗图钉按进画板，忽然抱起画板重重地摔在地上。

他忽然发现，还是把孙维成想简单了，所谓的道歉不过就是打开话题的钥匙，所谓的和解也不过是封口费一样肮脏的交易。想起孙维成在电视上讲的那些冠冕堂皇的道理，他忽然觉得恶心。

在孙维成的问题上，林渊感到糟透了，可感觉甚至境况更糟的，是周清。

就在孙维成去找林渊的时候，周清又被主任叫到了办公室。主任把一张检查单往桌上一放，推到周清面前。

“你自己看看，连入院诊断都能记错，幸好小刘发现得早！”主任的脸色非常难看。

“对不起，主任。”周清也无法接受自己犯下这么低级的错误。

主任欲言又止，叹了口气，还是对他说：“你先回去吧，在家休息几天。”

周清吃惊地看着他，一时间竟不知道该说什么。

主任：“你也好一阵子没有休息过了，正好趁这段时间调整调整，等你好了再回来上班。”

周清连忙解释：“主任，数据是我犯糊涂记错了，以后我一定会仔细核对，不会再有下次了。”

“可我必须对病人负责。”主任一脸失望地看着周清，“你这段时间状态一直不好，尤其那天三院的大夫来过之后。还有你头疼的事，你能瞒得了谁啊？周清，你自己也是大夫，药该吃多少，该怎么吃，你自己心里头难道就没数吗？！”

“我……”周清万分压抑，“我已经在想其他办法了，我打算去试试针灸，所以主任，您能不能……”

主任一言不发，只是看着他。

他知道，再说什么也没有用了。主任一直很器重他，如果不是让他失望透顶，他是不会做出这种决定的。更重要的是，他明白“必须对病人负责”这句话的分量。

走出主任办公室，周清完全不知道该怎么办。秦川，这两个字忽然出现在他脑海里，但他又是那么的抗拒，他仍然不相信那个小姑娘可以真正帮到他。

05

周清的一次敞开心扉释放了太多的信息，秦川想，有必要先了解孙维成这个人，毕竟在周清的问题上，孙维成是核心。

她尽可能搜集有关孙维成的信息，甚至还买来了最新的有关孙维成的杂志。

合上杂志的时候，已经入夜。看着封面上孙维成的商务照和大大的标题——《海涛金融创始人孙维成：凡不能毁灭我的，必将使我强大》，秦川若有所思。

她叹了口气，下楼去找林渊。

林渊这时候又在新画布上打了相同的草稿，还是那条陈阳素描本里的小路。秦川看他站在画架前，手里拿着蘸了颜料的油画笔，想上色，可手却僵在半空，半天也画不下一笔。

秦川犹豫了一下，还是推门进去。

“怎么又重新画了一张，我觉得上一张就画得挺好的。”

“我说了，我画错了。”林渊的口气很生硬，秦川只好离开，可走到门口又停了下来。她咬咬牙，折回到林渊面前：“自从那个女的来过以后，你就一直不高兴，到底怎么了？”

“跟她无关。”林渊没想到秦川会提起张梦欣。

“她是孙维成的老婆对吗？”

秦川看着林渊，林渊也抬起头看着她。

“你查我？”

秦川没料到林渊会这么敏感。

“你到底要干吗？”林渊缓缓起身，逼近秦川。

秦川下意识地后退了一步，但还是鼓起勇气，继续说：“还有陈阳的事。”

林渊的脸色变了，变得凶狠。

“我不是你的病人！”

“可我是你的朋友。”

他们盯着彼此，两双眼睛还不到两个拳头的距离。

林渊不知道秦川为什么要这么做，秦川却不经意间闯进了两个原本于她而言毫无关联的情感纠葛中。如果不把房子租给林渊，就不会介入林渊和孙维成的事情；如果不接受李彤的委托，就不会介入周清一家和孙维成一家的事情；如果不是她，这两组矛盾纠葛更加不可能会汇聚。

秦川只想帮助周清，无意卷入他们任何一方的纠葛。

06

周清最终忍住了，他没有去找秦川，而是买了一箱啤酒，回了家。

李彤抱着儿子打开家门一看，客厅窗帘拉了三分之一，地板上到处都是酒瓶，而周清更是狼狈。

“怎么回事啊？”李彤赶紧把轩轩抱进卧室，对他说要和爸爸单独聊一会儿，让他一个人在卧室里玩，不要出来。

轩轩问爸爸怎么了，李彤只告诉他爸爸没事。

出了卧室，李彤把门关上，随即扑到周清身旁检查他的情况。周清醉醺醺的，一把将李彤推开，抄起酒瓶就往嘴里灌。

“你别喝了。”李彤夺下酒瓶，低吼起来，“到底怎么回事？！你怎么把自己搞成这个样子！”

周清一脸麻木地看着李彤：“我被停职了。”

“这事儿我听说了，不是停你职，只是让你休息两天，主任说……”李彤正说着，周清突然摇摇晃晃站起身，在客厅里晃悠。

李彤劝不住他，可看他这个样子又很心慌，只能追在他后面忽而扶着，忽而拉着……

“老周，孙维成的上诉马上就要开庭了，这件事很快就能过去……”

周清神色恍惚地看着李彤，根本听不进去她说的话。

“为什么，为什么这，这种事情会落……落在我的头上，为什么？”

看着周清不省人事，如入深渊的样子，李彤快急哭了。

“老周，你别这样。别胡思乱想……”

周清忽然指着自己的鼻子对李彤吼了起来。

“我……我胡思乱想？你，你你你是不是……觉得我疯了，所……以让我去看，看心理医生。你就，就是觉得我……疯了，不正……常，脑子有……病！”

他们都没有注意到，儿子轩轩正趴在卧室门缝边，看着他们。

听到这些话，李彤的眼泪再也忍不住了。

“如果你肯跟我多说两句，我犯得着吗？我是你老婆啊，这大半年我是怎么过来的，你问过一句吗？！”

周清脚下一晃，倒在沙发上，翻过身指着李彤。

“他告的是……我，跟你有什……么关系。”

都说酒后吐真言，周清却在酒后说了胡话。李彤听着这些话，心跟被刀扎了一样疼，再也忍不住，跟他吵了起来。

争吵间，轩轩从卧室跑出来抱住李彤得大腿，躲在她身后。他像看怪物一样看着自己的爸爸，眼神里充满了恐惧。

这是他有记忆以来，爸爸和妈妈第一次剧烈争吵。在他小小的世界里，那个甜到恨不得见一次吃一口的爸爸，不见了。

这一瞬间，周清突然醒了，他忙上前去抱轩轩，轩轩却一个劲地缩在妈妈身后，根本不让周清碰。

李彤擦了一把眼泪，把轩轩搂在怀里，一边捂着他的耳朵一边颤抖着对周清说：“我不知道孙维成到底想干什么，我只知道再这样下去，我们家就真的完了。”

说完，抱着轩轩回了卧室，只留下周清一人，独自懊恼。

07

秦川离开林渊的文身店，径直去了督导师王亚铭的办公室。

王亚铭的办公桌上放着细长的混沌摆，秦川从进门就坐在办公桌前，盯着这个混沌摆，不时用手拨弄，像是想让玩具停下来。

王亚铭坐在她对面，观察着她。

“你喜欢的话，可以拿走。”

秦川讪讪一笑，把手缩了回来。

“往常我不联系你，你是不会主动来接受督导的，今天倒挺难得。说吧，遇到什么问题了？”

秦川笑了笑：“老师，你有朋友吗？”

王亚铭：“当然有。”

秦川：“我不是说同事和同行。”

王亚铭：“为什么会这么问？”

秦川没有回答。王亚铭看出她的异样。

“秦川，亲人和朋友不能成为求助者，这个道理你应该比任何人都清楚。”

这时，秦川的手机响了。她打开一看，是李彤的消息：秦医生，你有时间吗？我很绝望，不知道该怎么办。

秦川脸色一变，捏着手机不知道该怎么办。王亚铭注意到她的反应，但却没有点破。

秦川本想跟王亚铭和盘托出，突然又有了顾虑，犹豫再三，还是只跟王亚铭说有事要先走。王亚铭问她是谁。秦川啊啊哦哦半天，咬死说是一个朋友。

王亚铭又问她到底是谁，她知道已经被看穿了，只好坦白并着急起身，抬脚就要走。

“慢着！”王亚铭突然叫住她，起身走到她面前，“你是要去见她吗？请问你征得来访者的同意了吗？”

秦川知道，答案是否定的，更知道王亚铭是什么意思。

“现在不是你的工作时间。离开那间咨询室，你就应该迅速忘掉他，回到你自己原本的生活里。”

王亚铭关上门，快步走回桌后，绷着脸拿出纸笔。

王亚铭：“你私下和来访者的妻子见过几次面？”

秦川愣住了，王亚铭头也不抬，继续说：“你瞒不了我的，说吧。”

“一次。”秦川坦白。

王亚铭在纸上记录着，显然是开始了督导工作。

“然后呢？”王亚铭问。

秦川：“她告诉我他丈夫有神经性头疼，而且有药物依赖。”

“接着说。”王亚铭仍旧没有抬头，只顾记录。秦川受不了王亚铭这种态度，一狠心，辩解道：“老师，我承认我这种做法的确不符合规范，可有很多事不是短短一两个小时的交流就能弄清楚的。最开始接触这行的时候，你告诉我一旦他们走出这间屋子，我连他们的短信最好都不要回复，但其实这些无意中透露出的信息才更有价值啊。”

“我现在问你后来怎么了。”王亚铭不理会秦川的辩解。

秦川气嘟嘟地说："他很生气，认为我介入了他的私生活，而且跟我吵了一架。我告诉他，他的抑郁症症状已经很严重了，他……"

王亚铭一巴掌拍在桌上，打断秦川的回答。

"秦川，你到底知不知道你在干什么，你的专业精神哪儿去了！你要做的是引导和帮助他，不是这样赤裸裸地伤害他！"王亚铭的话说得很重，秦川无法接，也无法反驳。

王亚铭起身在房间里来回踱步，不住叹气。

秦川："对不起，老师。"

王亚铭："跟我说对不起有什么用？以后你别再见这个医生了，否则情况只会更糟糕。"

秦川点点头。

王亚铭看着她，深深叹了口气："秦川，你知道自己的弱点在哪里吗？"

秦川说不出话来。

王亚铭："你的弱点就是太容易投入，你已经把工作和你自己的生活混淆了。在咨询室里，你的确是以来访者为中心，但出了咨询室的门，你就必须以自己为中心，跳脱出职业给你带来的影响。否则，你会跟他们一样痛苦，甚至比他们还要痛苦……"

秦川静静地听着，像个犯了错的孩子，低着头，等候督导的处罚。

Chapter 10.

张梦欣，咱们俩是一路人，天生一对。咱们俩是不可以分开的。

01

凌晨两点，孙维成处理完公司的事情，回到家。他先打开门框上新加的锁，然后才打开大门原配的锁。进门后，他先锁上大门原配的锁，然后把门框新加的锁锁上。

确认房门已经锁得严严实实后，他才脱下大衣挂好，走进客厅。

这时，卧室方向传来一些声音。孙维成侧目观察，看到张梦欣坐在电脑前观看亮亮过生日时录制的视频。视频里，亮亮捧着装文鸟的小笼子开心地笑着。

张梦欣盯着视频里的亮亮，听着他一声声地叫爸爸妈妈，眼里不禁闪起泪光。孙维成叹了口气，走进卧室把视频关掉。

“怎么又看这个，别看了。”说着，转身要出卧室。

张梦欣忽然对他说：“我一直睡不着。”

孙维成脚步一顿。

张梦欣又问：“以前开的安眠药还有吗？”

孙维成走出卧室，不一会儿又返回来，手里拿着安眠药药瓶。他倒出一片放在张梦欣面前，嘱咐道：“一次只能吃一片。”

张梦欣没有任何反应。

孙维成心一软，在她身边蹲下，拉着她的手说：“梦欣，我不是故意要把你关在家里。只要你好好的，跟以前一样，你想去哪儿就去哪儿，想干什么我都不会拦着。”

“但是都得经过你的同意，让你满意，对吗？”张梦欣神情呆滞地看着孙维成。

孙维成叹息道："我是为了你好。"

张梦欣面无表情地说："离婚吧。"

孙维成一听，甩开她的手，起身吼了起来。

"你死了这条心吧。"

"为什么？"张梦欣痛苦地看着孙维成，"每天这样折磨我，对你到底有什么好处？你告周医生也不是为了打赢官司，你就是要折磨他。孙维成，你已经心理变态了。"

孙维成忽然笑出声来。

"我变态？我要是变态你就是疯子。"说着，他指向亮亮的房间，"你在我们家弄了一座坟你知道吗？"

"当初我说咱们搬家，换个地方，你不答应！跟我说你怕亮亮找到不到回家的路。"孙维成说着说着，忽然上前掐住张梦欣的脖子，强迫她抬起头看着自己，"我当初告周清的时候，你不也没有说什么吗？现在倒大义凛然地指责起我来！"

张梦欣没有挣扎，任由他掐得近乎窒息。孙维成看她快不行了，顺势将她往床上一甩。张梦欣跌到床边，脑袋重重地磕在床沿上。

"张梦欣，咱们俩是一路人，天生一对。咱们俩是不可以分开的。"孙维成的声音跟他的表情一样扭曲起来，"别多想了，今天好好睡一觉，咱们俩是要过一辈子的。"

说完，他转身就要走，张梦欣却突然大喊起来。

"五年前你给仓库买的是定额保险，对吗？"

孙维成脚步一顿，气得直咬牙。

“不管当时仓库里的货怎么跌价，保险公司还是要按定额赔付，是吗？”张梦欣停顿了一下，突然声嘶力竭地质问孙维成：“我们这个家就是这么来的吗？”

“疯子！”孙维成大喊一声，摔门而去。

02

第二天清晨，太阳迟迟没有露面，严严实实地躲在阴云背后。

李彤拿着简单的行李，抱着轩轩在楼下拦了一辆出租车。

轩轩问：“妈妈，我们去哪儿呀？”

李彤轻声说：“妈妈带你去外婆家。”

轩轩又问：“爸爸去吗？”

李彤没有回答，抬头看了呆立在不远处的周清一眼。周清缓步走到轩轩面前，轩轩却不敢看他。

周清问：“爸爸是医生对吗？”

轩轩点点头，仍然不看他。

周清又问：“医生是干什么的？”

轩轩说：“救人。”

周清问：“爸爸救完人就去外婆家接你和妈妈好吗？”

轩轩点点头，但还是藏在李彤怀里，不看周清。周清拍拍他的背，说：“你是男子汉对吗？”

轩轩终于把头抬起来看着周清。

周清问他:“你能照顾好家里的女人吗？”说着给轩轩使了个眼色，轩轩看看李彤，咧嘴笑了。

李彤心里难过，一句话也没有说。

“去吧。”

李彤随即带轩轩上了车。车上，出租车司机正在听新闻。新闻说，近一个月来，多家 P2P 金融公司发生挤兑。这些负面新闻将互联网金融行业再次推到了风口浪尖。年关将近，P2P 行业却正面临一场前所未有的信任危机。投资者最关心的只有一个问题——我的钱是不是回不来了。

新闻里还播了被采访者的声音，一位接受采访的人说，他一个微信群里一共有四百人，统计了一下，所有人一共投了两千多万，现在全部提不出来，就连 P2P 公司的网页都无法打开。

随后，主播接着被采访者的话说，这些钱全都投向了一个名叫海涛金融的 P2P 平台……

“海涛金融？”

李彤忽然意识到，是孙维成的公司。

出租车司机接话说：“这个平台以前可厉害了，据说保证年化收益 25% 以上。前段时间他们老板还在电视上说准备上市呢。现在好了，讨债的估计把他们门槛都踩烂了。”

李彤没有说话。

大概这就叫报应吧，她心想。

03

孙维成的公司果然乱了，前来讨债的人挤满了各地分公司，就连总部大门也被几十个要求提前兑付的中老年人堵住了。

Peter 不断跟他们解释海涛金融的资金没有任何问题，现在只是其他品牌的平台出现了问题。可闹事的人根本不听，只是质问 Peter 没有问题为什么钱不能提现，就连 APP 也登不进去。

Peter 解释是技术故障，再过一个礼拜就处理好技术问题，恢复使用。

这样的理由连旁观者都不太相信，更何况是怒火中烧的当事人呢？现场越来越混乱，围观的人群也越来越多。“海涛金融还钱”的口号也越来越响亮。

这个时候，周清摇摇晃晃地穿过人群，朝着停车场走去。送走李彤和轩轩后，他喝了很多酒，被酒精麻痹的大脑告诉他，应该在这样的时候做点什么。可他也不知道该做什么，只是在海涛金融的停车场找到孙维成的车。

孙维成不在车里，也不在公司。此刻，他不敢露面，悄悄躲在公司对面的星巴克，靠在沙发上，看着手机里的监控画面。

画面里，张梦欣站在摄像头前看了一会儿，随后消失，但很快又提着一根高尔夫球杆出现在镜头里。透过镜头，她直勾勾地看着孙维成，随即挥动球杆，砸了下去。

孙维成的手机传来一阵尖锐的电流声，随即画面黑了。

孙维成把手机往沙发上一扔，看着面前厚厚的一摞文件，深深地叹了口气。在他对面，两名下属正讨论工作事宜，另外一人打着电话。

这时，Peter 慌慌张张地跑了进来，他的衣服、裤子、鞋子，脸上、手上，甚至头发上都是各种颜色的油漆，可见讨债的人是何等激动。孙维成抽了一张纸巾让 Peter 擦擦，随后把对面的三个下属支开。

等人走后，Peter 忙问："孙总，他们闹得很大，还报警了。现在应该怎么办？"

"你慌什么！"孙维成眉头一皱，训斥道，"我跟募集部的人通过电话了，他们已经在想办法。现在外面闹事的都是散户，拆东墙补西墙还了他们的钱是没什么问题的。"

Peter 稍微镇定一些，点了点头。

"现在最需要安抚的是大客户，万一他们找上门来，就真的没有办法收拾了。"孙维成说着，低声骂了起来，"那帮搞新闻的，见风就是雨，只会瞎写。"

Peter 没有说话，只是听着。

"一财那个编导，跟他约好时间了吗？"孙维成看着 Peter，"我亲自跟他面谈。"

"我给他打了好几次电话，探了探他的口风，可这人软硬不吃。现在好了，干脆连我的电话都不接了。"Peter 显得很为难，"孙总，我就怕他下定决心要搞把大新闻，挖我们的老底。"

"你接着盯他，我就不信有买不动的人。"孙维成说完，拿笔在随身携带的本子上，将"TBD20：一财编导"这行字狠狠划掉。随后召刚才那三个下属进来继续工作，自己跟 Peter 离开星巴克。

孙维成一边小心翼翼地往停车场走，一边不停打着电话，同时还跟 Peter 保持着手势交流。

“哔哔！”

孙维成到了车子附近，按下遥控。蹲在角落里的周清意识到孙维成来了，立刻站起身，朝他快步走去。

孙维成看见周清，立刻挂断电话，冷冷地看着他。

周清带着醉意，提起嗓门，大声责问：“孙维成，你告诉我，你到底想干什么？”

孙维成不说话，周清开始疯了一样拍孙维成的汽车引擎盖。

“嘿，小心我的车。”孙维成一副老奸巨猾的样子。

周清摇摇晃晃地说：“这官司你赢不了的，开庭那天我也会去，我问心无愧。”

“你是法官吗？你有资格跟我说这个吗？”孙维成感到很可笑，“哦，我明白了，你心里有气，觉得委屈了。周医生，听说你休假了，对吧？”

周清瞪着他：“你是怎么知道的？”

孙维成：“我很关心案子，很关系你，周医生。”

这时 Peter 的手机响了，孙维成示意他到一旁去接。

“周医生，这你就受不了了？才一年不到啊，你也太经不住事了。我知道，这都是因为你之前的路走得太顺了。”孙维成忽然凶了起来，“从小被惯坏了，所以遇到点儿挫折就受不了了，对吗？你知道我吃了多少苦才有今天吗？”

周清满脸怒色，眼眶气得发红。

“周医生，听我一句，你这种心态是做不成大事的，明白吗？”孙维成慢条斯理地说着，走到周清面前拍拍他的胸口。

“你根本就不在乎这场官司的输赢。”周清的声音开始颤抖，“你就是要折磨我，看着我难受。”

孙维成意味深长地笑了。周清再也压抑不住，猛地揪住孙维成就打。Peter 注意到，迅速挂掉电话，狂奔过来，帮助孙维成制服周清。

周清被按在引擎盖上，大喊道：“医生不是人吗？我也想治好你儿子啊！”

孙维成怒极，膝盖狠狠顶在周清肚子上。

“你不配提他！”

这时，保安冲了过来，将周清带走。

Peter 忙问孙维成：“你没事吧？”

“下回他要是还敢来，直接报警。”孙维成拍拍衣服，冷冷地注视着周清的背影，而周清歇斯底里的叫骂声还在停车场回荡。

这是周清第一次与孙维成正面抗争，却败得如此狼狈。回到家，他窝进沙发里，眼神迷离地盯着电视机，可电视机压根就没有被打开。

他就以这样的姿势，一直窝到天黑。直到茶几上的手机屏幕被点亮，他才懒懒地翻了个身，伸手去够。

看到是秦川发来的微信语音，他立刻锁屏，刚要放下却又重新解锁，点开语音消息。

"周医生，我给你推送一个人的微信名片，是我的督导师，叫王亚铭。他是国内知名的心理学家，从业多年，很有经……"

周清没有听完就将它关闭，随后抄起茶几上的酒瓶，狠狠地往嘴里灌。而此时此刻的秦川，正坐在烧腊店外看着手机上的会话窗口，等待周清的回复。

周清迟迟不回，她也不想再等，主动把王亚铭的名片发了过去。

"川儿。"烧腊店老板突然端着两只烧鹅坐到秦川对面，笑嘻嘻地问，"最近冲到第几名了？"

秦川盯着手机屏幕，没有回话。

"吃鹅腿，吃鹅腿。"烧腊店老板开始献起殷勤，"上次你带我打了装备以后，我上升了一百多名呢！今天再带我打点呗。"

"改天吧。"秦川有气无力地回。

烧腊店老板放下鹅腿，开始八卦起来。

"怎么了？跟渊子吵架了？"

"吵了！"

"怎么回事啊？"

"哎呀，你别问了。"

烧腊店老板还要再说什么，店里的灯忽然灭了。紧接着传来一阵嚷嚷声。

"打烊了，别吃了啊，收摊了，收摊了！"

"干什么啊你？"烧腊店老板认出来，这人来找过田博，自称是他哥。

龙哥打量着烧腊店老板，漫不经心地说："我来替田博收货款。"

他说话的声音很大，连文身店里的林渊都听到了。看情况，是小店家遇到了臭流氓。林渊从沙发上坐起来，抬脚就出门。

"我不认识你，钱只能给田博。"烧腊店老板说完这话，龙哥立刻火了。他气势汹汹逼近烧腊店老板，一手搭在烧腊店老板的肩膀上，另一手正要揍人，却听到身后传来一个打抱不平的声音。

"你后面那辆小货车不是你的，车主呢？"

"你谁啊？"龙哥一扭头，发现林渊就站在他身后。

"我问你田博人呢？"林渊再问。

"宰了，剁了，扔河里了。你想找他，河里捞去。"

林渊脸色一沉，龙哥却嚣张地大笑。林渊扬手就是一拳，打在他脸上，打得他一阵趔趄。

"哎哟！"龙哥刚一站稳，立刻冲上去和林渊拼命。林渊只侧身一躲，回身就是一脚，将他踹出好几米远。

食客和老板都看傻了，秦川急忙冲老板喊："还愣着干什么，报警啊！"

老板如梦初醒，抓起手机就打电话报警。

"说，田博呢？"林渊第三次问。

龙哥不说话，只是啐了一口唾沫，顺手抄起一根棍子又去找林渊拼命。

秦川被吓得大喊："小心！"

林渊抬胳膊挡，胳膊挨了一记闷棍，棍子也断了。真是横的遇到硬的，龙哥自觉在林渊身上得不到便宜，不禁一步步往后退，企图溜走。可退着退着突然被人一顿乱打。

原来是秦川，她也不知道为什么，看到这人要跟林渊打架竟然会如此激动，抡起包包照着龙哥一顿胡打。一边打还一边乱叫："滚！离他远点，滚！"

龙哥不敢纠缠，顺手推倒秦川，跳上车就跑。

林渊忙去扶秦川，也没有追赶。

"你没事吧？"林渊和秦川几乎同时询问对方。

"我没事。"二人又几乎同时回答对方。

所谓关心则乱，秦川突然意识到说的是什么。

04

"砰！砰！砰！"

一声声沉闷的声音刺穿渐渐沉寂的夜晚。与烧腊店门口的打斗不同，这是张梦欣一个人的战斗。

她机械地挥动椅子，一下下砸在亮亮房间的门锁上。门锁被她一点点砸坏，最后彻底脱落。她拧了几下房门，开了。

张梦欣缓缓伸手，推开门房，一股发霉的气息扑面而来，可她嗅到的却是亮亮稚嫩的香气，同时还隐约听见了亮亮的笑声。但是啊，展现在她面前的，除了空无一物，仍旧是空无一物。

她抚摸着门框上的身高刻痕，盯着最高处"1.1m"那个记号，微微笑了，而双眼却已泛起泪光。

“哗！”

她撕下了房门右侧那面墙壁的壁纸，露出大半面墙的涂鸦。墙壁正中间是她和亮亮一起画的文鸟。

“妈妈！”她听见了，似乎真的听见了亮亮呼唤她。她不由得把脸贴在文鸟上，双眼一闭，泪水悄然滑落。

就这样过了很久，她终于冷静下来，随后走回卧室，坐在梳妆台前，对着镜子梳起头发，扎成辫子，再用发卡夹住。

她把头发梳理得整整齐齐，拿出一支口红，装点自己苍白的嘴唇。

像是准备一场隆重的仪式，张梦欣把自己打扮得无比妥帖。然后她打开衣柜门，拿走最上面一层的杂物、被子，取出一个上锁的医药盒。

她找来一只黑色金属发卡，全神贯注，撬开盒子，并从盒子最下面一层取出一个药瓶。看着这瓶安眠药，她终于露出平静的笑容。

05

警察没有抓到那个叫龙哥的人，倒是让林渊、店老板和秦川配合做了出警笔录。笔录结束后，林渊回到店里，一脸疲态。

当真退步了！林渊忽然觉得对不起班长，退伍没几年竟然就把学到的东西都还了回去，打个小流氓都已经不轻松了。

正想着，秦川抱着一个医药箱慌慌张张地跑进来，打开箱子就给林渊处理胳膊上的伤痕。

“我还是陪你去趟医院吧。”秦川很关心林渊的伤。

“不用。”林渊的声音很低。

秦川知道他不想说话，就想给他倒杯水，一起身却发现油画架倒在地上，四处散落着颜料、油画工具，满地都是画，还有被割碎的画布。

秦川走上前，开始收拾。

“就算你觉得画得不好，也不用这样嘛。”秦川边说边抬头看林渊。

林渊先是沉默，看秦川默默收拾完想要离开，才张口说：“我画不下去，我真的不知道他到底想画什么。”

“谁？陈阳吗？”秦川隐约猜到林渊想说什么。

林渊：“他说他将来开了文身店，要在墙上留一块空位，挂他最满意的画。”

秦川：“所以你开这家文身店，也是为了陈阳，对吗？”

林渊不置可否，表情异常痛苦。

“这几天，我脑子里全是五年前的那场火灾。一闭上眼，就听见班长在喊我，一睁开眼，眼前就是那场火。”林渊的情绪很激动，连声音都有些发抖。

“林渊，都过去了。”秦川忽然有些心疼他。

“不，我忘不掉。”林渊难受地摇头，“我经常做梦，耳边全是军号声，还有班长的声音。我以为自己还在部队，醒过来才知道，我早就不是一个兵了，班长也已经牺牲五年了。”

说着说着，他的眼睛渐渐发红。再后来，他捂着脸哭了起来，像个孩子，那么伤心。秦川慢慢走到他身边坐下，默默地陪着他。

06

这个夜晚，似乎注定不安分。

孙维成东奔西跑了一整天，满身疲惫回到家，可刚一坐下就发现亮亮的卧室门开着。他突然站起身，惊慌失措地冲了过去。再一看，近乎崩溃。

张梦欣就躺在亮亮的卧室正中间，整个人蜷缩着，一如大半年前割腕自杀的时候，胎儿般蜷缩着。

孙维成双眼一闭，脸色惨白。

他缓缓走到张梦欣身前，扑通一声跪了下去，进门就提在手里还没来得及放下的购物袋也被丢在地上。

“梦欣……”孙维成轻轻推着张梦欣的身体，一声声呼唤她的名字。

张梦欣缓缓睁开双眼，看到购物袋里滚出来的新的摄像头，视线随即回到孙维成身上。

孙维成如释重负，长长地舒了一口气。

“吃饭了吗？我没法去买菜，就把冰箱里的东西都拿出来做了。你饿了吧？”张梦欣若无其事地说着，起身走出亮亮的卧室。

孙维成此刻是丈二和尚摸不着头脑，跟着张梦欣走到餐厅才发现，餐桌上放着丰盛的饭菜。

张梦欣给孙维成摆了一副碗筷，也给自己摆了一副，这才在餐桌前坐下。

“吃吧，都是你爱吃的。”

孙维成不知道妻子的葫芦里到底卖的什么药，只是看着她，却不敢坐下。

张梦欣冲他笑了："我没事了，我已经想明白了。"

孙维成松了一口气，这才坐下。

"梦欣，是我不好。我这两天太累了，你别放在心……"

张梦欣打断他："先吃饭吧。"

孙维成呆呆地看着张梦欣给自己夹菜，过了几秒，看着另一边空了的座位，神色似有触动。那是亮亮的座位，以前他决不允许任何人坐在那里，就算是爸爸和妈妈也不行。

"我也想亮亮。"

孙维成此话一出，张梦欣夹菜的动作忽然僵住。

"亮亮走了以后，我真的很怕在这张桌子上吃饭。每次一坐下来，我就想起他。"说着，他的目光从亮亮的座位回到妻子身上，"记得吗？以前一到吃饭你就发愁。亮亮太贪玩了，饭也不肯好好吃，怎么都坐不住，吃顿饭弄得跟打仗似的。"

孙维成的话也令张梦欣陷入了回忆。他发了几秒钟的呆，忽然拉住张梦欣的手，说："梦欣，我们搬家吧。换个地方，重新开始！"

张梦欣不语，孙维成又喃喃地说："我们移民，去美国吧。你喜欢哪个城市？西海岸，棕榈泉，好不好？我们可以在那里重新开始，做试管婴儿，再生一个。"

张梦欣抬起头来，安静地盯着孙维成。

孙维成丝毫没有发现张梦欣嘴角露出的一丝嘲讽，满怀憧憬地说：

“到时候，我们好好教育这个孩子，让他上私立高中，将来再考个好大学。不要离家太远，周末能常回家陪陪你。”

张梦欣还是不说话。

“你觉得让孩子学什么好？不要学金融，学金融太累了，律师又太苦，要不就学艺术吧，你说呢？”孙维成已经完全沉浸在自己的美梦中，热切地望着张梦欣。

张梦欣微微一笑，说：“好。”

得到了肯定的回答，孙维成一下高兴起来。

“到时候，我们买一幢带花园的房子，再养一条大狗。哎呀，我得努力挣钱，咱们要重新开始。”

张梦欣笑了，她起身从酒柜上取下一瓶酒，给自己和孙维成各倒了一杯，随后举起酒杯，看着孙维成，轻声说：“为了新的开始。”

“为了新的开始。”孙维成也举起酒杯，和张梦欣的杯子清脆地碰在一起，随后一饮而尽。张梦欣优雅地抿了一小口，注视着孙维成杯子里的红酒一丝丝流进他的嘴里。

07

再过一天就将迎来跨年夜，到处都是浓浓的迎新氛围，可整座城市的欢乐氛围都烧不热周清冷清的家。他受不了了，再待在屋子里，他感觉自己会疯掉。于是他梳梳头，披上外衣上了大街。

这个夜晚，到处人头攒动，“新年好”的音乐回荡在大街小巷。

漂亮的大楼、人们的笑脸，一切都被灯光照射得五光十色。

周清百无聊赖地游荡，不时左顾右盼，看着别人家欢乐的画面，怅然若失。此情此景，他和桥洞下的田博又有什么分别呢?

大概是有的吧，至少不用像田博那样忍饥挨饿、担惊受怕。

此刻，田博正裹着衣服、被子，用捡来的报纸生火。报纸有点潮，把他呛得直咳嗽，但至少能暖暖双手。

“到底什么时候才是个头？”田博正感慨，突然发现龙哥来了，起身就要跑。

“再走一步试试？”

田博不敢动了，看着龙哥逼近。龙哥脸上挂着彩，像是被揍了。

“运气不错啊，傍上靠山了？”

田博不明白龙哥在说什么。靠山？谁会给他田博做靠山?

龙哥以为田博在装糊涂，就把话挑明了。田博这才明白他说的是林渊，忙跟他解释与林渊不熟。可龙哥不信，吃了亏总要想办法找回来。田博求他算了，他却揪住田博的衣领说：“你说算了就算了？”

田博明白他的意思，是想要钱。可他真的没钱了，如果有钱又何至于住在桥洞里呢？龙哥不干，他抱怨田博的破车只卖了两千块，而这两千块是摆不平他今天挨的这顿打的。

田博问他怎样才能了结。他伸出巴掌，跟田博说，五万。

田博急了，五块他都没有，哪里去找五万呢?

龙哥打起了文身店的主意，让田博把林渊的文身机器偷出来，还告诉他那一台就能卖一两万。

田博不愿意，跪在地上求他。他抬腿就是一脚，踢在田博肚子上，痛得田博满地打滚。

“三天，三天内要是见不到钱，你给我等好了，看我不弄死你。”龙哥撂下狠话，一脚把田博取暖的火堆踩灭，走了。

火星渐渐飘散，渐渐熄灭。田博在飞散的火光中蜷缩起身体，发出一声声呜咽。

08

孙维成睡着了。

张梦欣坐在餐桌边冷冷地看着他，随后又看看空酒瓶，起身推了推孙维成。孙维成迷迷糊糊地哼了两声，打起呼噜来。

张梦欣确定他已经睡着了，立刻从孙维成的衣服口袋里找出锁门的钥匙，随后回到卧室，拉上行李箱就走。

这时，她想到手上的戒指，便摘下来，想放到孙维成面前。可她刚走到孙维成身边，还没放下戒指，孙维成就突然抓住她的衣角，把她吓了一跳。

“梦欣……别走。梦欣……我只剩下你了。梦欣……”孙维成的声音很迷糊，显然神志并不清醒。

张梦欣掰开孙维成的手，把婚戒放在桌上。

“和你在一起，永远都不会有新的开始。”

说着，她走到门口，解开一道道门锁，走了。

Chapter 11.

不是文上了就记住了，而是文上了就过去了。

01

这一年的最后一天，孙维成在连续二十几次的手机振动声和连续十几次的座机铃声中惊醒。

他迷茫四顾，这才反应过来张梦欣不见了。

“梦欣，梦欣……”孙维成到处找，可始终没有发现张梦欣。

起初，他看着掉在地上的附加锁，骗自己张梦欣一定是去买菜了，因为她前一晚用光了冰箱里所有的菜。

可当他看到桌上的婚戒，才相信，张梦欣是走了，也许再也不会回来了。

这时，电话铃声仍旧催命似的响着。他忙不迭返回客厅，抓起电话，立刻听到 Peter 惊慌失措的声音。

“孙总，不好了！前几天那几十个客户又来了，一直堵在公司门口不肯走，现在已经‘杀’到财务去了！”

孙维成晃晃脑袋，忙问：“你现在在哪儿，在公司吗？”

Peter 在电话里吞吞吐吐地说：“我……我刚从公司出来。”

孙维成一听就急了。

“废物，这种时候你怎么可以离开公司！”

“他们把我给打了。”Peter 的声音听上去很委屈，“我不敢回去……”

孙维成没再多说，放下电话，呆呆地站着。他把张梦欣留下的婚戒牢牢攥在手心，越攥越紧……

02

田博站在秦川家门口的街道对面，惴惴不安地注视着林渊的文身店。这个时候，龙哥又给他来了消息：晚上八点，桥洞。带不来东西就让你消失。

看完消息，他把手机狠狠地摔在地上，又一脚一脚地踩。他不知道该怎么办，额角的虚汗在清冷的早晨簌簌直冒。

他多希望林渊这个时候出现在小店门口，然后像揍龙哥一样把他也揍一顿，最好往死里揍，但只要留一口气让他活着就成。

难道他还没有起来吗？田博在心底琢磨。

此时，林渊早已起床，他正收拾着行李，往大包小包里放吃食和保健品，然后拉上拉链，像是要出远门。

他直起身，看见靠在墙角的画架。架子是空的，上面没有绷画布。他走上前，把画架用白布盖好，随后走到外间，正巧遇见进门的田博。

田博拘谨地看着林渊，举起缠着纱布的手说："我，我想请你帮我看看。"

林渊点点头，帮他检查伤口。伤口已经愈合得差不多了，但林渊还是给他擦了一些修复膏。

"好得差不多了，结痂的地方别去碰，让它自己掉。"

林渊说话的时候，田博一直偷瞄着挂在墙上的文身枪。

"我给你的药还有吗？"

田博完全没有听到林渊在问他。

“田博？”林渊抬起头大声叫他。

田博猛地回过神来：“啊，什么？”

“我刚刚问你，给你的药还有吗？”

“啊？哦……有，还有。”

林渊觉得他很奇怪，转念一想，兴许是让那个开走他车的人给吓坏了。

“新年有什么打算？”林渊随口问。

田博：“没什么打算。”

林渊看了看他：“没什么打算是什么打算？”

田博讪讪一笑：“我没什么地方可去，窝车上过呗。”

“车？”林渊看看窗外，“那车呢，怎么没看见你停在外面？”

田博愣了愣，掩饰说：“送……送去修了。”

林渊：“烧腊店老板说你昨天没来送货，怎么回事？”

田博：“哦……我前几天病了，元旦后我就给他补送。”

林渊注视着田博：“你要是有什么麻烦或者困难就跟我说，没准我能帮上忙。”

田博心虚，避开他的目光。林渊知道他在撒谎，却没有戳穿他。

“你跟我来。”说着，林渊起身往屋里走。田博不解，犹豫了一下，还是跟了上去。林渊把他领到一个角落里，拉开帘子，帘子后面放了一张行军床，还有一个简易拼装的衣柜。

林渊说：“地方小了点儿，暂时先这样吧。回头我再看看怎么收拾。”

田博没明白林渊的意思，皱起眉头看着他。

林渊：“明天一早我要出趟门，过两天才回来。你可以先在我这儿住着，但要记得帮我打扫卫生。工资的话等你能做活了再发。反正一句话，我管你吃住，也不收你学费。”

“哥……”田博诧异地看着林渊，“你真的要教我学文身？”

“怎么，后悔了？不想学了？”林渊边走边说。

“不是。”田博摇摇头，“我什么都不会，你真的不嫌弃我？”

林渊：“只要你肯努力，能吃苦，这都不是问题。”

田博：“可我连学都没上过几天。哥，你为什么要对我这么好？”

林渊走到他身边，拍拍他的肩膀说：“我以前跟你一样，后来我遇见一个人。如果不是他，今天你就不会在这儿碰见我。你不需要跟我说你的过去，我也没必要知道。我就问你，想不想重新开始？”

田博顿时觉得无地自容，说不出话来。

“好好想想，我去拿纱布。”林渊说着往屋里走。

田博看着他的背影,眼圈渐渐红了。等林渊拿着纱布从里屋出来，外间空无一人——田博已经走了。

田博留不下来，从他下定决心偷走林渊的文身枪开始，他就没脸留下来。他快步走到街上，穿梭在阴郁的天色里。

田博漫无目的地走了一个多小时，在一家酒店门口的喷泉旁坐了下来，呆呆地看着喷泉中央的雕塑——骏马高抬着前蹄，马背上坐着一位勇武的骑士，他正拉开一张弓，弓上搭着一支箭，箭头直指田博。

田博不懂为什么骑士的箭要向下射，但此刻他清晰地感觉到骑士的箭马上就要射中他。他一下跳起来，拔腿就跑。

酒店楼上，张梦欣隔着薄薄的帘子，看着一个瘦削的小伙子在喷泉旁奇怪的举止，不禁好奇。她目送着小伙子跑远，才转身走进浴室。

浴室边的衣柜里挂着几件换洗衣物，下方放着行李；床上放着脱下的大衣和画夹；床头放着她和儿子亮亮的合影，那是她从孙维成办公室取回来的。

从浴室出来后，她注视着那张合影，伸手抚摸照片上儿子的小脸，随后翻开画夹。画夹里有厚厚一摞纸稿，她一页页翻过，每一页都是一大一小两只文鸟……

03

黄昏时分，一辆出租车在“无名小路”门口停下。张梦欣抱着画夹从车上下来，注视着林渊的文身店。

门内，林渊正给 Shaka 喂食。他隔着玻璃门看到张梦欣，不由一愣。

张梦欣对他笑了笑，走进店里。

林渊请她到沙发上坐，随后给她倒了杯水。

“谢谢。”张梦欣接过水杯。

林渊注意到她脖子上有瘀伤，不由得皱起眉头。

张梦欣：“林先生，上回你去过孙维成的公司后，又跟他见过面没有？”

“见过。”林渊如实回答。

张梦欣：“他是怎么说的？”

林渊不明白她的来意，一时不知道怎么回答。

张梦欣："你不要误会，我今天来，不是帮他说话的。"

林渊："他说他可以投资我，我拒绝了他。"

张梦欣似乎早就猜到了答案。

"确实是他的风格，觉得所有的事都能用钱解决。"张梦欣放下水杯，缓缓起身，"林先生，上次我来找你的时候，没有跟你说实话。仓库着火那天，我在现场。我都看见了……"

张梦欣说到这里，脑海深处清晰地浮现出当时的场景。

那天，仓库冒着浓烟，她怀着身孕，在人群中焦急地张望。不多久，几个消防战士把孙维成和另外几个人一同从消防通道护送出来。当时，孙维成还戴着氧气面罩。她看见孙维成，立刻大喊他的名字。可孙维成就像没听见一样，他惊慌失措地摸着口袋，然后看了一眼消防通道，朝没有人的仓库后门跑去。

张梦欣从记忆里抽离出来，看着林渊的眼睛说："你没有认错人，是孙维成一直在撒谎。"

"他为什么要回去？"林渊疑惑。

"我不知道他回去要干什么，但我确实看见他从后面进去了。"张梦欣没有撒谎，她说，"我当时觉得他可能是去拿什么重要的东西，所以看到他平安出来，也就没有多问，然后就跟他一起上了救护车。"

林渊听着张梦欣诉说，放在膝盖上的左手忍不住攥成拳头。

"对不起。"张梦欣再次向林渊道歉，"上次来找你的时候，我没有告诉你实情。"

林渊："那为什么现在又跟我说这些？"

张梦欣："因为我已经彻底看清了他的为人。"

林渊微微一怔，不解地看着她。

张梦欣："我之前有私心，对他还有指望，现在已经彻底没有了。林先生，上一次你没有接受我的道歉，这次我也不奢望你能原谅我，毕竟对你来说，这个真相来得太迟了。"

林渊稳住还在发抖的手，压抑着自己的情绪，摇了摇头，说："你没有做错什么，为什么要我原谅你呢？"

他这话，不禁让张梦欣百感交集。

"你脖子上的伤是怎么回事？"林渊犹豫片刻，还是问了。

张梦欣没有回答，林渊又问："是他弄的吗？"

"已经无所谓了。经过这些事以后，我不可能再回到他身边了。"张梦欣收拾了一下情绪，拿起身旁的画夹，"今天来，还有件事想拜托你。"

说着，她打开画夹，拿出一张画稿。画稿上是一只羽翼未丰的小文鸟。她把画稿递给林渊。

"这是我儿子养的小鸟，前年他过生日的时候，我买给他的。"张梦欣的目光一直落在小文鸟上，"你上次说不文名字。"

"对。"林渊看着张梦欣。张梦欣却依然看着小文鸟。

"那你能不能帮我把这只鸟文在身上？"说完，她抬头看着林渊。

林渊沉默半晌，劝说："把这只鸟文在身上，时时刻刻都能看见，你不觉得对自己太残忍了吗？"

张梦欣诚恳地笑笑:“时时刻刻都能看见,我才能时时刻刻陪着他,守护他。”

林渊注视着画稿上的小文鸟，认真听着她说的每一句话。

“以前，我每天都在哭，每天都在痛。每次痛，我就觉得是亮亮在想我。我不想让自己走出来，我觉得他还在我身边。

“生完亮亮以后，我得过产后抑郁症。那时候，我很痛苦，所以我选择了逃避。我去了外面继续读书，把孩子交给保姆带。等我回来的时候，亮亮已经两岁了。在他最需要妈妈的时候，我却不在他身边……

“为了弥补他，我没有出去找工作，一直在家里陪着他。我开了一个育儿网站，天天教别人怎么教育孩子，可我自己却不是一个好妈妈……”

林渊感觉得到她的情绪，打断她说：“我不希望你一看到这个文身就想起伤心的事。”

“但我也会想起他曾经带给我的快乐和幸福。”张梦欣目光恳切地看着林渊，“我的生命早就不是我自己一个人的了……我不单单是替我自己活着，也是替他活着。”

林渊忍不住抬头看她，她却是一脸平静。

林渊忽然明白了，他接过画稿，走到工作台前坐下，随后拿起画笔在文鸟图案上瞄着，开始了转印前的工作。

不多久，张梦欣照林渊的指导躺到工作台上，挽起袖子，露出胳膊，让林渊帮她转印。等转印图纸从皮肤上揭下后，文鸟图案的线条清晰地印在她的皮肤上。

接着，林渊从墙上取下文身枪，一板一眼地装针、准备墨水……

一切准备就绪，林渊拿着文身枪在张梦欣的皮肤上刻下第一笔。张梦欣安静地躺着，看着针头在她身上游走。

又过了好一会儿，林渊给文身枪换了排针，开始给图案打雾。墨水已经在准备好的水杯里晕染开美丽的花纹。林渊给文身枪蘸了彩色，给图案上色。

文身枪划过张梦欣的皮肤，血点零星渗出……

文刻工作全部结束后，林渊帮她把图案上的清洁泡沫擦去，露出了颜色艳丽的文鸟文身。

“不是文上了就记住了，而是文上了就过去了。”

林渊看着张梦欣，张梦欣笑笑，注视着胳膊上的文身，极力抑制激动的心情。跟着，林渊拿来修复膏，递给她，叮嘱说：“这几天别吃刺激性的东西，也别沾酒。有什么问题随时跟我联系。”

“谢谢。”张梦欣嘴角堆起温暖的笑容。

林渊取来那张画稿，问她：“是你自己画的吗？”

张梦欣点点头。

林渊：“画得真好，能送给我吗？”

张梦欣随即微笑，点点头，接过画稿签了名，再把画稿递给林渊。林渊接过画稿，心情难得地愉悦。

这时，张梦欣突然问他：“你信命吗？”

林渊愣住了，不知道该怎么回答。

张梦欣笑了笑说："我也不知道该不该信，但是我觉得能在五年后重新遇到你，是我的运气。谢谢你，林先生。"

林渊笑了。

两人没有再多闲聊，张梦欣说完就走了。林渊目送她离开后，低头看着手里的画稿，一看就是半晌。

04

跨年夜，海涛金融对面的星巴克门口，孙维成坐在驾驶座上，手下意识地摆弄着那个宝贝打火机，像是在等人。

不一会儿，车门被打开，Emily 径直坐了进来。孙维成看到她，不禁有些惊讶。

"怎么会是你，Peter 呢？"

"他打电话给我，让我到这里找你，然后就关机了。"

孙维成咬紧牙根，骂了一声。

Emily:"他让我转告你，就一晚上加一早上的工夫，公司的人都走得差不多了。他还收到消息，银行已经在申请冻结公司的资产，包括要投亲子乐园的资金。"

孙维成仰头靠在座位上，疲惫地叹了口气："失控了，失控了，完全失控了。"

"经侦迟早会找上你的，好自为之吧。"说完，Emily 打开车门要走。孙维成喊了她一声，拉住她的手腕。

“再陪我一会儿好吗？”

看着孙维成憔悴的面庞，Emily 于心不忍，又关上车门陪他静静地坐着。

“你有什么打算？”Emily 突然问。

孙维成扭头看着她：“已经在准备了，我是绝对不会让他们抓住我的把柄的。等我安稳下来，我会联系你。”

“什么意思？”Emily 看向他。

孙维成：“我说过我会补偿你。”

Emily 不由得冷笑：“你现在说这话不觉得可笑吗？”

孙维成一脸认真地盯着她：“你相信我，我孙维成说出口的话，就一定能办到。”

Emily 忽然觉得孙维成不仅可笑，而且还很天真。

事已至此，她只好装出一副并不厌恶的样子，点点头说：“好，我相信你。”

孙维成竟然当真了，他握住 Emily 的手，说：“我就知道，还是你最懂我。”

Emily 想抽回手，孙维成却抓着不放。他摸上了 Emily 的大腿，身子也凑了过去。Emily 挣扎起来，孙维成却越来越激动。Emily 狠狠甩了他一耳光，推开门，下车，再将门使劲关上，走了。

孙维成神情木讷，手指条件反射似的一动，忽然意识到宝贝打火机不见了。他开始在座位上翻找，越找越急躁，直到在驾驶位的夹缝里找到后，才暗自松了一口气。

05

辞旧迎新的日子，当下的这一年在一分一秒流逝，新的一年在一步一步接近。

林渊犹豫再三，还是上楼敲响秦川的房门。秦川开门一看，林渊举着手里的桶装啤酒冲她傻笑。

她把林渊让进屋，取来玻璃杯。林渊拧开啤酒桶的阀门，给两人倒上。

“新年快乐。”林渊率先举杯。

“新年快乐。”秦川与他碰了杯，看着他一口闷掉，自己却只喝了一小口。

这时微波炉发出叮的一声，秦川放下杯子，忙过去取热好的吃食。林渊看着她的背影，目光不经意间落在工作室的沙盘上。他起身走过去，在沙盘边坐下，独自把玩起模具。

秦川返身回来看到他，但没有打扰，反而放轻脚步，把东西端到桌上小心放下。她看着林渊，林渊只是把玩模具，迟迟没有将手里的模具落到沙盘里。他叹了口气，把模具放下。秦川这才走到他身边，打趣说：“我今天可不想加班啊。”

林渊不好意思地笑笑，问：“你怎么干上这行的？”

秦川：“上高中的时候，我爸妈离婚了。我妈老一个人偷偷哭，干什么都提不起精神。后来我才知道她得了抑郁症。所以我高考的时候就改了志愿，报了心理学。”

秦川说着，走到桌边端起酒杯一饮而尽，随后又给自己倒了一杯，说:“我妈现在已经好啦,天天出去旅游,跟一帮老太太玩得可高兴了。”

林渊笑笑，举杯和秦川碰了一下，又一口喝掉。

“说实话，你喜欢当文身师吗？”秦川放下酒杯，看着林渊。

“我不知道，但我没有别的选择。这是我的命，你知道吗？我欠班长的，想替他实现他没有机会实现的愿望。”林渊喝掉杯中酒，沉默片刻才接着说，“在部队的时候，他一有空就抱着速写本画来画去。他说过，一退伍就去香港学文身，用退伍补助开店，还说等店开起来，第一个给我文，他会帮我设计个特别爷们的图案。”

“林渊。”秦川边给他倒酒边说，“你已经帮他实现愿望了。你不仅成了很出色的文身师，而且还开了这家店。”

“他要是还活着，一定比我做得更好。”想到班长已不在人世，林渊说话的声音都有些发抖，“我没有他那份天赋，连他最后那副草稿都完成不了。我画了好多次，每次都画得一塌糊涂。”

秦川心疼他，像不忍心看着自家孩子伤心的妈妈一样，给了他一个拥抱，连说话的口吻都像个妈妈一样坚强。

她说：“你不应该这样想。你已经做到了很多人都做不到的事，这份付出已经足够多了。你现在给自己设定的目标是永远不可能达成的，因为不管做到什么程度，你都会觉得陈阳能比你做得更好。”

林渊如梦初醒，在秦川的安抚下渐渐平复下来。

“今天，张梦欣来过，跟我说了五年前的事。”林渊这才说出上楼的原因。他太难受了，没有办法一个人待到天明。

“五年了，五年哪。这事儿一直跟块石头似的压在我心里，有时候我也在想，那天那么乱，没准真的是我自己弄错了。班长问过我里面还有没有人，我告诉他没有。也许，也许就是因为我的过失才害死了他。”

秦川听着这些,终于明白了林渊最大的心病是什么。不是孙维成,而是他自己。

“我找孙维成就是为了弄明白到底怎么回事。他究竟有没有在清场后偷偷回去过！他一直不肯告诉我，直到张梦欣白天过来，告诉我他真的回去过，从仓库后门。”林渊不知道该庆幸自己没有过失还是该为这个真相感到愤怒。

秦川：“她有说孙维成为什么要回去吗？”

林渊干了酒，摇摇头说：“她只是跟我道歉，跟我说对不起。那时候我忽然觉得自己很可笑，不知道我到底在干什么。知道了真相又能怎样，我就能心安理得地恨他了吗？我是个消防兵，这种事 m 早该习惯了，每次别人感激我们，班长都会说‘这是我们的职责’，孙维成也说这是我们应该做的。他这么说的时候,我不知道自己怎么了,只想狠狠揍他一顿。”

“应不应该轮不到他来说。”秦川坚毅地看着林渊，“人的情感是很难说对错的，你可以恨他，这很正常。”

“我恨我自己！”林渊郁结多年的情绪在秦川的疏导下终于爆发出来,他大吼一声,泪水随之滑落,“是我没有保护好班长,是我的错！”

秦川猛地抱住他，他浑身颤抖，像个孩子一样号啕大哭。

Chapter 12.

你可以补偿他们，但你终究代替不了。

01

林渊和秦川从过去的一年喝到了新的一年。凌晨两点多，林渊跑到楼下取来一张合影给秦川看。照片上有他、陈阳和其他几个战友。他们都穿着灭火战斗服，每个人脸上都黑乎乎的。

看着这张照片，林渊渐渐陷入回忆。

“这就是陈阳，我的班长。”

陈阳咧着嘴，露出洁白的牙齿。可在林渊的印象中，大多数时候，他都是一脸严肃，尤其是他刚入伍的时候。

那年，第一次见到陈阳的时候，一个接兵干部向他介绍：“陈班长，你班新兵，应到三人，实到三人，交给你了。”

“是！”陈阳一脸严肃地应着，冲林渊他们敬礼，“大家好，欢迎大家来到上海 ×× 消防支队！从今天起，将由我和大家一起训练，一起生活。我是你们的班长陈阳，籍贯上海南汇，今年 23 岁……”

那时候，林渊对眼前的一切并不感兴趣，听着陈阳的自我介绍，他既不耐烦又觉得这种形式很可笑。

陈阳就是在那个时候注意到他的。轮到新兵介绍，前两个都很规矩，偏偏他一副漫不经心的样子。

“我叫林渊，籍贯陕西西安，今年……二十岁，二十零着那么两个月吧。”

另外两个新兵当时就笑了，林渊也笑。不同的是，笑中的意味。

“笑什么笑！松松垮垮没有一点兵味。全体都有，立正！”

林渊也不敢太放肆，听到口令还是挺直了身板。

“向右转！齐步走……”

从那以后，林渊就生活在陈阳的口令中，而“林渊”这两个字也时常在训练场响起。

“林渊！”

全班蛇形跑，他掉队了。

“林渊！”

全班消防障碍训练，别人都已经快速通过，他根本爬不上台子。

“林渊！”

凌晨紧急集合，全班都随着尖利的哨声整装完毕，他却姗姗来迟，衣帽不整。

陈阳曾说，林渊所在的这个班是他带过最差的班，而林渊则是他带过最差的兵。林渊恨他，觉得他总盯着自己是在打击报复，就因为新兵介绍的时候他捣乱了。

直到新兵考核的时候，林渊才知道自己错了。那次考核的科目是水带，第一个被点名的就是他。

“器材准备！”

“准备！”

“开始！”

连续三个口令，前两个林渊都做得很好，可第三个口令下达后，他弯下腰手持水带抖开，动作很不熟练，不小心夹到了手……

很快，陈阳又点了他的名。

“林渊！”

“到！”

“你的水带装好了没有？”

他回头一看，水带连接口已经断开。于是，他大声回答：“报告，没有！”

“重装！”

这两个字陈阳反反复复说了不下六次，他也反反复复重装了六次，可依旧没有解决连接口断开的问题。

他又气又累，到第七次的时候，慢慢悠悠地走回去重装。

“跑步前进，回到原位置再来一次。”

听到陈阳的命令，他索性停下来，高举着手大喊：“报告，我手受伤了。”

陈阳没有理会，让他回去重做，他却赌气不动。

“你怕苦怕累！”陈阳开始训他，“手伤了又怎样，你看看老兵的手！如果你前面就是火场，你把水带装成这样能不能出水？能不能！”

他不说话了，他知道陈阳说得对，但却不能接受这样的训斥。

“就因为你不能准确掌握动作，困在火场里的人，还有我们冲进去的兄弟会怎样，你知不知道？！”

队列里的所有人都盯着他。他无法忍受，扭头就走。

陈阳叫不住他，这造成了一场士兵无故离开训练场的训练事故。全班所有人都怪他，怪他不仅拖了大家的后腿，还害得班长天天挨骂。

他就是在和战友的这次争吵中，才知道陈阳替他背了很多锅，包括这次训练事故，陈阳也是自己扛下来的。

陈阳挨完训，回班里的时候还给他带了一瓶红花油，让他擦擦手。

那时，他心里五味杂陈，求陈阳不要再管他了。可陈阳却说："你是我的兵，我就该管你。"

他坦白说："我就想混两年义务兵。"

可陈阳却说："你怎么想的我不管，在我这儿，当一天兵，就得干一天兵的事。我对你留情，火场不会留情。准备吃饭吧，晚上我带你加练，熟悉动作。"

就在那个时候，警报声响起来。

"出警！快！"陈阳拖着他就往外跑。

那是一场居民楼火灾，也是他第一次出警。当时，灭完火以后，所有人脸上都烟熏火燎，他倚在座位上，感觉非常不好，非常不舒服。

他从车里找了张纸想擦掉脸上的灰，一个老兵看见后笑了。老兵说那是擦不掉的，得回去用热水洗。

陈阳却说："洗什么，火场烟熏妆，这是你第一次上火场的证明！"

他第一次发现，原来陈阳也是有趣味的。

这时候，通讯员收拾装备准备返回，突然被陈阳揪回来。他现在仍然记得，陈阳当时跟通讯员说："你得给我这几个生瓜蛋子来一张，他们第一次出警，得留个纪念。"

通讯员答应了，他却想躲，可惜被陈阳一把拽了回去。于是才有了他给秦川看的这张照片。

回去的路上，一个老兵提议，让新兵把照片发给家里，给父母看看。

一个新兵说："算了吧，我爸妈现在肯定正打麻将呢。别看见我的照片，然后大喊'糊了'，结果两个人全诈和，得输不少钱呢。"

大家哈哈大笑，却听陈阳悠悠地说："这时候，我爸妈应该睡了吧……"

车窗外，一片寂静。陈阳轻声哼唱起那首《无名小路》。慢慢地，大家都跟着唱了起来。

回队里后，林渊快速洗漱，然后跑到训练场找了一个没人的角落，想要练习抛水带和接水带。

经过一场"战斗"，他终于明白了陈阳那番话的分量。看过老兵在火场的表现，他才真正感到惭愧。

他反复练习，可总是把水带抛拧了。

"左手虎口向上！"

他回头一看，是陈阳，还带了水。

"虎口向上，握住水带内接头。你右手掌心虎口向下，握住水带外面的这个接头……"陈阳一边说一边给他做示范。

他没说话，只是点头，然后照着做。

刚一上手，陈阳就扳着他的肩膀说："你得侧身。这里有个小诀窍，第一个动作不是朝外扔，是先往旁边拖一下，再往外抛。抛出水带后，两手再向后稍微一拉……"

他照陈阳说的试了一下，卷成团的水带果然沿直线向前翻滚伸展。他没想到自己练了这么久的动作其实这么简单，一时有点发愣。

陈阳却说："讲了八百遍的东西，一看你小子就没认真听。"

他自知理亏，低头不语。陈阳递上一瓶水，让他早些回去休息。

就是那个时候，他向陈阳认了错，道了歉。

他说："班长，对不起。我拖了班上的后腿。听他们说，还害你挨队长骂。"

陈阳却说："老子哪天不挨队长骂。"

他说："不一样，因为我的错，挨骂就不一样。"

陈阳说："能认识到错误就是进步。错了就去改，今天改不了明天努力接着改。还是那句老话，别管你是想当两年义务兵就走，还是想转士官，当一天兵就得干一天兵的事。起码走出兵营再回头看的时候，能问心无愧。"

他点点头，问陈阳为什么来当兵？

陈阳有些不好意思，说："其实我想考美院，我爸不让。吵翻了我就跑来当了兵。你呢？"

他说："我爸觉得我不争气，按他的话说，像我这种混子，得到部队摔打摔打。"

陈阳问他离开部队后将来要干什么，他说不知道，也没想过。然后，他问陈阳离开部队后的打算。陈阳跟他说，以前倒是想当画家，现在不想当画家了，想当文身师。

他当时很惊讶，毕竟在大众的眼里，文身师不是什么正经行业。

陈阳看他的表情就知道他在想什么，所以跟他说："你是不是觉得文身师都是街上那种，烫一头五颜六色的毛，戴好几个骷髅戒指，一身都是钉。"

他听完就乐了，当时他脑海里浮现的画面的确就是这样。

可陈阳说："我到时候要拜师傅的，退伍后就去香港找他，他一定会收我。我都想好了，拿到退伍费，先把我爸妈的房子翻修一下，然后就去香港学文身。学完回来我就在上海找一个店面，门口有个小院子那种，开一家文身店。"

他当时觉得这是做梦，陈阳却说："店名我都想好了，就叫无名小路，咱们最喜欢的那首歌。我还要把这首歌画成一幅画，挂在店里最显眼的位置，肯定特别好看。"

陈阳还要他一定去捧场，说第一个就给他文。

他问陈阳文什么，陈阳说文个包子。

他一听，拍拍屁股就走。陈阳急忙拉住他，说："跟你开玩笑呢！放心，肯定给你设计个特别爷们的！"

那晚以后，他和陈阳的关系越来越好。他们一起出操，一起在训练塔负重登楼，一起佩戴空气呼吸器，一起穿战斗服，一起挂梯登楼，一起喂养幼年 Shaka……

他的成绩越来越好，陈阳脸上的笑容也多了起来……

02

秦川听了一整夜林渊和陈阳的故事。说起陈阳的父母，林渊难受地低下头。

陈阳的妈妈得了阿兹海默症，总是把他认成陈阳。后来他干脆就穿着军装过去，让陈阳的妈妈以为儿子还活着。除此以外，他真的不知道还能再怎么补偿他们失去儿子的痛苦。

秦川劝他：“你可以补偿他们，但你终究代替不了。”

林渊何尝不知道呢？可不这样，他实在不知道该怎样。

“你开这家店是为了他，照顾他的父母也是为了他。你在替陈阳过他的人生，可你有没有想过你自己的人生怎么办？”秦川的话鞭辟入里，“你总说你那幅画画错了，但画画这件事本身就没有对错之分，你只是太想帮陈阳完成这幅画，却忽略了你自己。你不是陈阳的复制品，也不可能代替他过完他早已结束的人生。你不能再活在过去了。”

秦川的话一字一字刺痛着林渊的心，但他却觉得一夜过后，整个人舒坦了许多。

天亮以后，他回到楼下，站在盥洗室的花洒下，感受着水流滑过他胸口的数字文身。

洗漱完毕，他穿好没有肩章、领章的军装，在镜子面前整理好军容，拎上包离开小店，渐渐在薄雾笼罩的街道上走远。

秦川在楼上看着他的背影，神色复杂起来。

这时，她的手机响了。秦川接起电话，正疑惑是谁这么早就找她，却听电话那头说：“您好，请问是咨询师秦川吗？”

秦川回答说是，电话那头随即说：“这里是注册心理咨询师协会伦理道德委员会，接到你的督导师王亚铭投诉，说你在工作过程中存在违反规定的行为……”

秦川突然愣住了。

03

林渊从复兴中路摆渡，穿过薄雾，再搭乘地铁，而后换乘公交，最后沿着一条林间小路穿过茫茫乡野，来到一座农家小院。

院子里，陈阳的爸爸推着陈阳的妈妈在晒太阳。他细心地给陈妈盖好毛毯。这时，陈妈注意到林渊，笑着冲他招手。陈爸回头一看，只见林渊跨进小院。

“妈，我回来了。”

林渊每次来都这样称呼陈妈，陈妈听着高兴，心里也觉得那就是陈阳。陈爸听着心酸，却也已经习惯了。

林渊把包放进屋里，开始收拾、做饭，一通忙活。

到了晚上，陈爸正在整理床铺，林渊轻手轻脚地把睡着的陈妈推进来，抱到床上，盖好被子。这时，陈妈突然醒过来，睁开眼睛看到林渊，随即露出笑容，拉住他的手。

“阳阳……”陈妈轻声呼喊，林渊轻声应着。

“妈妈买了荠菜，明天给你炒年糕。”

“好！”

“你在部队不要挂念妈妈，好好工作啊。”

林渊突然很难受，强颜欢笑说：“好……妈，您赶紧休息吧。”

陈妈点点头，闭上眼睛。林渊为她掖好被角，刚要走，陈妈又睁开眼睛拉住他的手。

“阳阳，妈妈买了荠菜，明天给你炒年糕。”

陈妈又重复了一遍，一旁陈爸叹了口气，对林渊说："念叨好几天了，你休息吧，我来。"

陈爸轻轻把陈妈和林渊的手分开，哄她说："好了好了，知道了，赶紧睡吧，儿子也该睡觉了。"

林渊站在一旁看着看着，心里越发难受，便到院子里独自坐着，看着寂静的天空，感受着冬夜的小风，等候陈爸。这次来，除了看望两位长辈，他还有一件更重要的事情想告诉陈爸。

陈爸出来后，他急忙起身，说："叔，有件事，我想告诉您。"

之后，他把五年前那场火灾的经过详细告诉陈爸。

他清晰地记得，警笛声中，他和陈阳迅速穿好灭火战斗服，跳上消防车，直奔火灾肆虐的码头仓库。

"同志们，这次受灾的是塑料加工厂的仓库，火势蔓延很快，波及了周围。情况复杂，我们消防车进不去，只能接水带……"

消防车上，火灾现场的情况通报和任务指令持续不断。

"一号车，铺好水带供水！"

"二号车，积极抢救受困群众！注意，根据码头仓库的结构判断，烧半小时就有坍塌的危险，搜救工作必须在半小时内完成。大家听明白没有！"

"是！"

消防车一停下来，他和陈阳带领战友跳下二号车，冲进火场，进行搜救。搜救犬 Shaka 始终跟在他身边。很快，他们陆续找到被困的群众，将他们从消防通道护送出去。随后，他们又进行了一次搜索。

陈阳问他：“情况怎么样，里面还有没有人？”

他说：“没有人了！”

陈阳问他：“确定吗？”

他说：“确定！”

陈阳说：“好！要塌方了，准备往外撤！”

他这才和队员们互相掩护着往外撤。当时，陈阳走在最后，没走多远忽然大叫他的名字。他应声回头，陈阳已经直奔火场。

“班长！”

他不知道发生了什么，忙跟上陈阳，往消防通道冲了进去。

浓烟翻滚的仓库里，不时传来坍塌的声音。他急了，大叫：“班长！班长……”

“林渊！”陈阳终于出声了，“林渊，救援绳！”

他急忙扯动安全绳，想把陈阳往外拽。这时，突然传来一声巨响。他本能一躲，跌倒在地，安全绳也落在地上……

等他艰难起身的时候，却发现消防通道已经被塌方堵死，安全绳也被卡住了。

“班长！”他大喊着扑了上去，“班长！班长……”

瓦砾滚落，塌方还在持续，战友们拖着他先撤了出去。刚撤离，整座仓库都塌了。

火灭以后，他和战友们拼命用双手刨着废墟，手指刨出了血也没有找到陈阳。最后还是 Shaka 帮他找出了陈阳的位置。

他让 Shaka 安静下来，贴着废墟仔细一听，依稀可以听到废墟中传来几声敲击管道的声音。

“他在这儿，他在这儿！”

他和战友们用器械挖开瓦砾堆，又合力把最上面一块硕大的水泥板挪开，终于看到了陈阳的手。他们更加卖力，可当陈阳被整个挖出来的时候，人，已经不行了。

他哭喊着抱住陈阳，很快就被医护人员分开。当时，Shaka 也趴在他身边，呜咽不止。

后来，替陈阳收拾遗物的时候，他翻开了陈阳的素描本，看到了一张张色彩浓烈但却温暖的手稿，忽然想起陈阳对他说的话。

“到时候你得来捧场，我第一个就给你文。”

正是从那一刻起，他下定决心，退伍后要替陈阳实现他的愿望。为此，他退伍后坐着大巴经过深圳湾大桥，去到香港，找到陈阳想拜的那位师傅，拜了师，做了学徒。出师回上海之前，他对着镜子，把陈阳的士官证编号文在胸口。

陈爸佝偻着背，抽着烟，一直听林渊讲完整个经过。

“我当时应该再仔细检查一遍的。”说着，林渊扑通一声跪在陈爸面前，“是我害了他。对不起啊叔，我一直不敢告诉你们。”

陈爸愣在原地，一句话也没有说。

半晌，他缓缓起身，转身进屋。空旷的小院里只剩下林渊一个人，面对着黑暗的夜空。

不一会儿，一个陌生的号码打了进来。林渊看了半天，在电话自动挂断前接了起来，这才发现，是张梦欣。

04

张梦欣的电话让林渊感到一丝欣慰，他甚至觉得老天对他实在是太好了。在这样一个死寂的时刻，却给他带来这样一个令人充满希望的消息。他觉得自己是幸运的，可和他比起来，周清也许更需要这份幸运，更需要听见张梦欣电话里传来的这个消息。

可惜，周清没能得到这份幸运。原本好好的一个家如今却支离破碎。在林渊为陈阳的父亲讲述陈阳牺牲经过的时候，他蓬头垢面地躺在沙发上，一手支着脑袋，眼睛盯着电视，脑子却一片混沌。突然，他支着脑袋的手从沙发上滑落，整个人失重，滚到地上，撞到空酒瓶。倒下的空酒瓶又砸到另外的空酒瓶，一时间叮当哐啷，好不讽刺。

他苦笑一声，摸过手机拨通了李彤的电话。李彤始终没有接。听着电话那头的忙音，他的神色越来越绝望。

待不下去了，这个家是真的待不下去了。他头也不梳，穿好衣服出门，在大街上游荡。

新年第一天本就是欢乐的日子，街上热闹非凡，可这样的热闹和他毫无关系。他走到马路边莫名其妙地招手，一辆出租车停在他面前，他却一动不动。

“走不走啊？”出租车司机摇下车窗，没好气地问。

周清看了司机一眼，索性上车，只说了一句“往前开”，却也不告诉司机到底开到哪里。

车子开过好几条街，周清像一摊烂肉歪着脑袋看了好几条街。这样的情况对出租车司机来说，并不新鲜，出于关心，他又耐心问："您到底要去哪儿？"

周清没说话，司机又追问。

周清懒懒地说："去江边？"

司机："是要去外滩吗？那边这会儿挺热闹的。"

周清一听，改了主意："还是去海边吧。"

司机应着，驱车往海边驶去，可没走多久却发现前面堵上了。司机把头伸出窗外仔细一瞧，远远地看到一群人围堵着。

"前面好像出事了，过不去。我要是绕道，路可就远了。"司机回头看着周清，和颜悦色地说，"先生，我这也得交班了，麻烦您重新叫辆车吧，我也就不收您钱了，行吗？"

周清一言不发，开门下车。这时，一个惊慌失措的小伙子撞着他的肩膀冲了过去，把他撞得一阵趔趄，险些摔倒。

司机放心不下，探头关心了几句。周清摆摆手，盯着那小伙子的背影看，除了发现人家奔跑时摆动的手臂腕口被白布包裹着，便再没有其他可供辨认的特征。

周清叹了口气，继续往前走，走到人群围堵的路口时，无意中瞥见人群缝隙里露出一条带血的腿。他猛地反应过来。

"麻烦让一让，让一让！我是医生。"

周清复活了，他的一举一动都散发着职业魅力。人们纷纷为他让道，等他挤进去才发现，撞人的司机正看着地上的女人不知所措。司机慌神了，他试图翻动地上那个一动不动的女人，确认她是否还活着。

“别碰他！”周清一声暴喝，迅速在女人身边跪下，检查她的脉搏。

“我我我可没有违章啊，是她自己撞过来的。”撞人的司机已经没了分寸，“你们谁看见了？能帮我做个证吗？”

“快打 120！”周清边脱外套边喊，“来个人帮忙，快点！”

人群中挤进来一个女孩，周清把衣服递给她。

“我要帮她做心肺复苏，你用衣服垫着压在这儿，压住了，压紧！”

女孩连声应着，照他的指导行动。

周清小心地将女人侧翻过来，这时他看清女人的脸庞，惊呆了。

05

沈海高速上海段的高架上，车流拥堵。

孙维成被堵在半道上，走走停停。他焦躁不安地拨打张梦欣的电话，始终是忙音，显然他是被拉黑了。

车里，广播在播报路况信息：

“22 时 58 分，G15 沈海高速上海段浙江方向 1322 千米处发生一起货车抛锚事故，现场一条车道可通行，后方车辆通行缓慢……”

孙维成急了，扔下手机，焦躁不安地猛击方向盘。

“23 时 05 分，芙蓉路发生交通事故，造成此路段堵塞，该辖区交警大队已派出警力处理事故……”

孙维成大骂一声，推门下车。车里的广播也进入尾声。

“以上是今天的《路况播报》，感谢您的收听。今天是元旦，给诸位司机朋友送上一首歌，祝大家新年快乐。”

歌声幽幽响起，孙维成站在车外，张望着拥堵的车流。不一会儿，他又回到车上，再次拨通张梦欣的手机。

“对不起，您所拨打的电话已关机，请稍后再拨。Sorry, the subscriber you are dialing is power off, please dial it later...”

听着电话提示音，孙维成的脸色渐渐平静下来，似乎已经接受了张梦欣离家出走的现实。此时，车窗外亮起了烟花，照亮了他的半边脸。

同样的烟花，此刻也照亮了周清以及血泊中的女人——张梦欣。

周清奋力急救。他不断按压张梦欣的胸口，给她做人工呼吸……寒冷的冬夜，他已满头大汗，但仍不断努力，一刻也不敢停下。

“不要死！不要死啊！求求你不要死啊！”

周清在心底不住地呼喊……

06

林渊不知道张梦欣出事了，挂断张梦欣的电话以后，他在陈阳家的小院里一直坐到天明。看着冉冉升起的太阳，他叹了一口气，回屋拿上包，看看陈爸和陈妈紧闭的房门，神情黯淡——以后，大概再也不能来了吧。

这时，门开了。

“我送送你吧。”陈爸说着，送林渊上了乡间小路。

走着走着，陈爸说：“陈阳小的时候特别淘气，五六岁就是这一片的孩子王。”

“他在部队也是，特别爱管别人，尤其爱管我。”

陈爸突然笑了。他说：“我也不会管孩子，那时候他一犯错我就打他。慢慢地，他跟我越来越不亲。后来，他说想学画画，我反对他，还骂他，他一气之下就去当兵了。”

这些林渊都知道，在部队的时候，他们战友之间，没有秘密。

陈爸：“他当兵一走，我就后悔了。本来，以为他当两年义务兵就回来了，没想到，他给我们来电话说还想再当几年。他妈妈舍不得，又非常担心他，每天盯着新闻看哪儿是不是遭灾了，哪儿是不是又着火了。”

林渊：“我记得他第一次带我出警，大半夜的，都困得睁不开眼。路过一片居民小区的时候，小区里黑乎乎的，一盏灯都没有。班长忽然说‘我爸妈应该睡了吧’。那一刻，我特别想家。我知道，班长也一直都想你们。”

陈爸长长地叹了一口气，欣慰地笑了。

林渊：“叔叔，对不起，都是我的错。我对不起班长，对不起你们。”

陈爸突然停下脚步，拍拍他的肩膀说：“孩子，你没错，千万别这么想。你已经做得够多了，每个月都来看我们，还替他开了那家店。在我们心里，早就把你当自己的孩子看了。”

听到这些话，林渊忍不住落下泪来。

Chapter 13.

她不觉得自己输给了周清，也不觉得是间接输给了孙维成，只怪自己太嫩，还不足以驾驭如此错综复杂的纠葛。

01

林渊觉得自己又获得了新生，可与他通完电话便出事的张梦欣仍在生命的边缘苦苦挣扎。

张梦欣被送到医院的时候是凌晨，急诊大厅的时间显示：01 月 02 日 00 时 30 分。

她在急救车上，戴着氧气面罩，浑身是血。几名医护人员推着她一路狂奔，周清紧随其后，跑到抢救室门口却被拦住。

“周大夫，我们来就行。”

周清似乎还没从慌乱中出来，一个劲儿地念叨：“我……我给她开放了气道，她喉咙里可能还有异物，你们再检查一下。”

这时，李彤得到消息说周清来了，匆匆忙忙赶来，正好看见周清被医护人员关在抢救室外。

“周清！”李彤隔着很远就叫他。

周清仓皇回头，李彤这才看到他脸上、身上都沾了血。

“你没事吧？”李彤吓坏了，生怕周清出了什么事，急忙掏出纸巾，一边帮他擦拭脸上的血迹，一边检查他有没有事。

周清神色恍惚，一言不发，任由李彤在她身上检查。

李彤被吓到了，捧着他的脸一个劲呼唤他的名字。

“你说话啊，你别吓我！周清！周清！周清你别吓我……”李彤被吓哭了。

周清看着李彤，渐渐回过神来，眼圈也慢慢泛红。他知道，李彤还关心他，还爱他，他们这个家不会散。

这时，一个小护士急忙跑过来，把周清的手机还给他。

“周医生，你的手机。你放心，韩医生主刀。”

周清问：“家属通知到了吗？”

小护士回说：“通知到了，她丈夫正在来的路上。”

李彤有些不解，但碍于小护士在场，没有问。小护士感觉到李彤的疑惑，也不清楚内情，忙冲李彤点点头，意思是把周清交给她了，自己匆匆离开。

小护士走后，李彤逼问式地盯着周清。

“怎么回事？病人你认识？到底怎么回事啊，你别吓……”

周清打断她，轻声说：“是孙维成的老婆。”

李彤觉得难以置信，不知道该说什么，但有一点她想到了，并且立刻提醒道：“你不能跟孙维成见面，那是个见谁都咬的人。”

“我知道。”周清点点头。

“走，去护士站，我帮你清理一下。”说着，李彤抓住周清的手，往护士站走去。恰在这个时候，全副武装的主刀医生韩大夫从走廊深处赶来。

周清上前拦住他说：“韩大夫，救活她。”

“我知道。”韩大夫点点头。

周清目送韩大夫一行人进入手术室，这才跟随李彤往反方向走去。

手术室大门被关上的声音回荡在凌晨空旷的楼道里，周清不由回头看了一眼。

02

孙维成赶来的时候，对张梦欣的抢救还在继续。随后他被请到医院的会议室，见到了肇事司机。肇事司机不断擦着汗，显然是慌了神，见交警过来，急忙迎上去交涉。

“警察同志，我……我是真没瞧见她，她忽然就冲上来，我哪反应得过来呀？分明是她自己找死。”

孙维成火上心头，一把抓住肇事司机的领口，提拳便打。

肇事司机惊慌躲闪：“干什么，干什么，你要干什么啊你？！”

交警急忙拉住孙维成。

“不要冲动！你们家属的心情可以理解，但也不能打人。”交警随即掏出记事本，“你先给我留个电话，情况查清楚之后我们通知你。”

孙维成耐着性子给交警留电话号码。

肇事司机趁机指着孙维成的鼻子吼道：“我再跟你说一遍，我没违章！是你老婆自己闯红灯，我这还不知道找谁说理去呢。”

孙维成一脚将肇事司机踹翻在地。

交警忙将孙维成抱住，又扭头斥责肇事司机：“你不要话这么多！有没有违章我们会调查清楚。”

这时，一名护士走过来，递给孙维成一份文件。

“病人家属吧？这个要签一下。”

孙维成匆匆扫了一眼，是病危通知书，最上面一行写着：张梦欣，女，38 岁……最下面一行写着：是否继续抢救或放弃治疗……

“警官，病人随身物品可以还给家属吗？”护士向交警小声询问，征得同意后转身离去。

交警对司机挥挥手：“你跟我去做个笔录吧。”

司机叹了口气，跟着交警离开医院。

空荡荡的房间里只剩下孙维成一人。

孙维成看着眼前的病危通知书，强烈的失落感在心头涌起：“又一次……”

他颤抖着拿起笔，选择继续抢救并在通知书上签了字。

03

1月2日，上午8时16分。

孙维成来到ICU病房外，隔着玻璃，看着躺在病床上的张梦欣。她的身上插满各种管子，身边还有几名医护人员面色严峻地忙碌着。

孙维成傻站着看了一阵，忽然想起什么，从兜里掏出手机，开了机。

一个个未接来电提醒接踵而至，其间还夹杂着一些别的短信：

“孙维成，电视都报了，你还瞒着我们，你还想在这行混吗？”

“孙总，急事，请速回电！”

……

孙维成心烦意乱，怕有电话进来，急忙关了机，可一抬头，正好看到护士翻动张梦欣的衣袖。一枚文鸟文身赫然映入孙维成的眼帘。孙维成大感意外，顿时呆若木鸡。

文身周围的皮肤肿胀着，很明显是刚文了不久。

孙维成死死盯着那处文身，猛地推开 ICU 的房门。

几名护士急忙阻拦："这是无菌病房，你不能进！"

"我是她老公！"

"家属也不能进，请你冷静！"护士们合力将孙维成推出门外。

孙维成的心好似被烈火灼烧，拍门大叫："张梦欣！张梦欣！"

走廊里回荡着孙维成疯狂的呼喊，可惜无人应答。

许久，孙维成终于消停了。

值夜班的护士小心翼翼地招呼他："家属。"

孙维成急忙站起身，以为可以进 ICU，却听小护士说："请跟我到柜台领取病人的随身物品。"

孙维成魂不守舍地跟着小护士来到柜台。另一位护士忙找来袋子，递给孙维成："这是病人的衣服和包……"

不等护士把话说完，孙维成一把夺过袋子。

"请你签收一下！"小护士递来一支笔。

孙维成潦草一签，抓着袋子到一边的长凳上坐下，拆开袋子，开始翻找。

此情此景，两位护士面面相觑，露出嫌弃的神色。给孙维成取袋子的那位护士冷哼一声，走开了。

孙维成打开袋子，里面露出了张梦欣染血的衣服。他把衣服拿出来，因为抢救的需要，已经被医生剪得残破不堪。

孙维成捧着妻子的白色上衣，盯着上面的血迹，双手微微哆嗦。

他把衣服塞回袋子，翻出张梦欣的手机。手机屏幕已经被摔碎了。孙维成试图点亮手机，但已经打不开，只好放在一边，开始检查妻子的包。

孙维成拉开妻子的包，露出两叠崭新的人民币，一万块一叠，像是刚从银行取出来的，还扎着银行专用的扎钞纸。他盯着这两叠人民币，思量了一会儿，试图再从包里翻出别的什么东西。

忽然，啪嗒一声，什么东西从张梦欣的衣服里掉了出来。

孙维成低头去看，是卡，一张酒店的房卡。

孙维成捡起卡片，仔细端详着上面的信息，随后飞快地掏出手机，一边开机一边奔向电梯。他不住地按动电梯按钮，瑟瑟发抖，就连双唇也不停哆嗦，眼睛却死盯着手机的开机画面。

电梯门打开，孙维成一头扎进去，按下地下一层的按钮。这时，手机开机了，孙维成打开浏览器，却发现电梯里根本没有信号。

“叮！”

电梯门打开，孙维成举起手机，像20世纪90年代在大山深处寻找信号一样，边等信号恢复边跑向自己的黑色奔驰GLE。他拉开车门坐进去，搜索酒店信息，记在脑子里，再关机，发动车子，疾驰而去。

04

上午9时整。

秦川按照前一日清晨接到的通知，准时出现在王亚铭的办公室外。她不知道接下来会发生什么，想敲门却又忍住了。此刻，她的心在发慌，几经犹豫，她还是咬咬牙，敲响了王亚铭的办公室门。

“请进。”王亚铭的声音从门里传出来。

秦川深呼一口气，推开了门。

王亚铭的办公桌后面，三双眼睛齐刷刷地看着她。坐在中间的是王亚铭，坐在他左边的是一位男士，右边的是一位女士。

“过来坐。”王亚铭指着办公桌前的一把空椅子，招呼秦川。

秦川关上门，走到椅子前坐下，但始终低着头，也没有和任何人打招呼。她的心正砰砰乱跳，像个被审的犯罪嫌疑人，明明意识到了“罪行”却不知道等待自己的是什么样的惩罚。

这时，王亚铭左手边的男士开口了。

“秦小姐，我是注册心理咨询师协会伦理道德委员会委员，接到你的督导师王亚铭的投诉，特地叫你过来，希望你能配合我们调查，核实一些情况。”

秦川同意配合，但她没有回答，只是点点头。

征得秦川的同意后，男委员便对她说 :“请你陈述一下你的从业经历。”

秦川习惯性地清清嗓子，轻声说 :“我叫秦川，硕士，心理咨询师二级，在王老师的心理咨询室从业满三年。王老师也是我的督导师。”说着，她看向王亚铭，王亚铭却紧绷着脸，像有些失望，又像有些遗憾。

“根据你的督导师举报，”男委员说着，看了王亚铭一眼，“我们发现你严重违背了心理学伦理守则，私下接触来访者，并在未征得来访者同意的情况下，和他的家属频繁接触。这些情况属实吗？”

秦川听得很认真，她咬了咬嘴唇，艰难地承认了。

对于秦川的坦诚，两位委员颇感意外。毕竟，在类似的工作中，几乎所有接受调查、核实的人首先选择的都是辩解。但更让他们感到意外的是，秦川紧接着便抬起头说："我犯了一个错误……"

05

上午10时03分。

孙维成按照在医院搜索到的信息，找到了那家酒店。他环视四周，再次确认房卡上的酒店名以后，来到前台。

"早上好，先生，有什么可以帮您的吗？"前台服务生非常礼貌。

"嗯……我太太把房卡给了我，但我忘了房号，麻烦你帮我看一下。"孙维成说话的时候，语气很随和。

"好的，我帮您看一下。"

前台接过房卡，开始搜索。孙维成抬头看着前台上方的监控，前台也抬头看了看孙维成。

前台："请问一下您太太的姓名？"

孙维成微微一笑："张梦欣。"

"2602。"前台确认信息正确，微笑着把房卡交还给孙维成。

孙维成接过房卡，穿过前台，进入电梯，来到2602。

他刷开房门，插卡取电。昏暗的房间亮起灯，也照亮了他面无表情的脸。

随后他拉开门口的柜门，里面是张梦欣的行李箱。他盯着看了几秒，又把柜门重新拉上，继续往里走。

床头柜上放着张梦欣和儿子亮亮的合影,床上放着张梦欣的衣物，以及一个素描本。孙维成拿起素描本，缓缓翻开。第一页是一张彩铅画，一大一小两只文鸟。孙维成注视着这张画，翻到第二页，依然是两只文鸟，然后第三页、第四页依然是一样的图案，只不过构图、形态不同罢了。

他翻阅素描本的动作越来越快，眼神也越来越疯狂，连手都开始发抖。翻到最后一页的时候，他发现这页被撕掉了，但残页上有张梦欣的笔记：无名小路。

看到“无名小路”四个字，他顿觉五雷轰顶，冲到窗边发狂大叫。

很快，他开始深呼吸，试图让自己冷静下来。而后坐到床上，用酒店的座机拨通了一个电话。

电话那头传来一个睡眼惺忪的声音：“喂？”

孙维成：“Emily，是我，Wesley。”

Emily 沉默半晌，调侃道:“这个时候想到我了？手机都不敢开？”

孙维成深吸一口气：“我会补偿你的。”

Emily：“你现在在哪儿？”

孙维成拿着电话在窗边踱步，把电话线扯得很长。他没有回答 Emily 的问题，只是问：“公司和投资人的情况怎么样？”

Emily 的声音变得严肃起来：“刘总昨天晚上被公安带走了，你知道吗？所有投资人都在找你，项目方也在找你。”

孙维成一听，脑门簌簌地冒冷汗：“公安来过了？”

Emily 感到惊讶：“你不知道？”

孙维成忙问：“是经侦还是刑警？”

Emily：“吓都吓死了，我哪里还分得清楚。”

孙维成默不作声，此时此刻，他思绪万千。Emily 突然着急起来：“喂？ Wesley？ Wesley？你在听吗？ Wesley？你现在在哪里？”

孙维成直接挂断电话，迅速拔掉电话线。随后从包里取出黑色面皮的记事本，坐到写字台前。这个本子上密密麻麻，全是他的计划。他翻开新的一页，龙飞凤舞地写了起来。写好后，他带上张梦欣的素描本，离开了酒店。

06

上午 10 时 53 分。

王亚铭的办公室里，注册心理咨询师协会伦理道德委员会对秦川的调查还在继续。

“你的督导师说，他曾经劝过你，而你没有听从他的劝告，一意孤行。这个情况是否属实？”调查接近尾声，女委员开始发问。

秦川沉默片刻，缓缓点头说：“是。”

女委员追问：“有什么特殊理由吗？可不可以告诉我们为什么？”

“我……”秦川深吸一口气，再长长呼出，“因为来访者拒不配合，我急于求成，迫切想要进入他的内心世界。”

王亚铭叹了口气，显得非常失望。

女委员："你应该知道，伦理守则中有关于自愿原则的规定。"

"任何时候来访者都有权终止咨询或更换咨询师……"秦川轻声复述了这项规定，又说，"但是伦理守则也规定，一旦发现来访者有危害自身和他人的情况，必须启动危机干预方案，防止意外事件发生。那位来访者当时已经处于不稳定的状态，我……我只是很想帮助他。"

"我想你知道，你不具有精神科诊疗医生的执业资格，没有权利替来访者下诊断。"女委员说着，翻看了材料，"而且，伦理守则明确规定，当心理咨询师认为自己已经不适合对来访者进行工作时，应该向对方明确说明，并将他转介给另一位合适的心理咨询师。你向他推荐了吗？"

秦川推荐了，可她做得还不够好，她感觉自己在周清的问题上表现得非常糟糕。她知错，也愿意接受他们的质询，但他们似乎没有顾及她内心的痛苦。毕竟，谁也不希望这样的事情发生。此时此刻，秦川最煎熬的是，在漫长的质询中等待着无法预期的结果。更让她难受的是，无论今天的结果是什么，也无论她接受与否，都将成为定局。

07

上午 11 时 40 分。

林渊回到了"无名小路"，进门第一件事便是放下行李，从盒子里取出大头针，把张梦欣的画稿钉在了挂手稿的墙上。

这时，传来敲门声。

林渊回头一看，是两名警察，不由得疑惑。

他快步走过去，打开门，将人让了进来。

“你好！”年纪稍大的警察向林渊敬了个礼，林渊本能地回了个军礼。另一位警察忙从包里取出一张照片，递给林渊。

“我们来找你，是想核实点情况。”年纪稍大的警察随即盘问，“照片上这个人你认识吗？”

林渊仔细一看，面熟，便实话实说：“不认识，但见过。他前两天到对面的烧腊店闹过事。”

年纪稍大的警察说：“你跟他打了一架吧？”

“对。”林渊点点头，“当时派出所的警察也来了，可以查到出警记录。”

“这我们知道，已经查过了。”年纪稍大的警察看看门口的行李，又问，“你昨天晚上在哪儿？”

林渊愣了一下，说：“南汇。”

两名警察对视一眼，似乎这个答案有些出乎他们的意料。林渊不明所以，怎么一夜不归就招上警察了呢？

十几分钟后，这次询问结束了。林渊忙上楼去找秦川领 Shaka，但秦川不在。Shaka 没在部队白待，林渊只叫了它一声，它便从里面把门打开，摇头摆尾地出来。林渊探头往里看了看，一切正常。他没有进去，随手带上门，和 Shaka 去了烧腊店。

因为是午饭时间，陈老板很忙。看到林渊，他蹑手蹑脚地迎上去。

“警察也找你了？”

从陈老板的问话来看，警察已经找过他了。林渊点点头，找了个地方坐下。

“我听警察说，那个什么龙哥从楼梯上摔下来，现在还在医院里躺着呢。”陈老板说着，凑到林渊耳边，压低声音说，“渊子，不会是田博那小子干的吧？”

林渊抬头看着他，说：“田博的胆子应该没那么大。”转念一想，也不是没有这种可能，随即问陈老板：“这几天你见过他吗？”

陈老板欲言又止，林渊觉得不对劲，忙问他：“怎么了？”

“前天下午我看见那个什么龙哥在巷口溜达。”说着，他朝不远处指了指。

林渊看了一眼巷口，扭头问陈老板：“什么时候？”

“下午四五点。”烧腊店老板回答。

“那时候田博就在我店里。我给他收拾了一块地方，想让他在我这儿过元旦，可他跑了。”林渊嘴上说着，脑子里已经百转千回。他突然意识到田博当时一系列奇怪举动应该和这个龙哥有关。

“哎哟，那……那他俩没准撞上了。”听林渊这么一说，陈老板随即做出了假设，“渊子，不会真的是田博干的吧？”

林渊虽然想不明白田博的动机，也不太相信田博的胆量，但他料定田博当时无故离开，不愿意留下来一定是有什么难言之隐。兴许，正是这个难言之隐让他对那个龙哥下了手。林渊正在心底琢磨，忽然听到秦川家小院里传来一个声音。

“秦灭六国建立的秦朝被推翻后没过几千年出生了一个姓秦的姑娘就是本大夫,你的快递……”快递小哥站在院里喊得上气不接下气。

烧腊店的食客们一听全都乐了，林渊却笑不出来，只觉得这收快递的名字像是秦川的风格。

“她有事出去了。”林渊朝快递小哥喊了一声,忙起身去帮忙签收。

“这名字真够长的，电话还关机了。”快递小哥常来，知道林渊和秦川相识,便把快递递给林渊,“你先签个字,我回头再给她发个短信,让她到你店里取。”

林渊接过笔签了字，正要把快递拿进店里，Shaka 忽然察觉到什么，浑身肌肉一紧，猛然起身，回头警觉地望着巷口。

林渊非常熟悉 Shaka 的每一个动作意味着什么，也朝巷口看去，却什么也没有发现。他摸摸 Shaka 的头，安抚它一下，再抬头就看见了秦川。

秦川是从巷子岔口的一幢楼房背后拐进他的视野里的，而且隔着那么远的距离，按理说 Shaka 不可能提前察觉到她的出现。除非秦川调皮，故意在那边跳来跳去逗引 Shaka。可再看秦川的情绪，显然非常低落，走起路来垂头耷脑，无精打采。林渊随即判断，Shaka 一定是另有发现，到底是什么呢?

随着秦川走近，林渊也中止了心底的推测。

“怎么了？”他远远地问秦川。秦川吐了口气，闷闷不乐地往楼梯口走。

他拍拍秦川的背以示安慰，随后抱着快递和她一同上楼。这时，

Shaka 又突然回头，叫了一声，像是对某个潜在的偷窥者发出警告。

林渊回头扫视一圈，仍然一无所获。他顾不上多管，趁秦川在开门，掂量了一下箱子的分量，故意打趣说："这么沉，你是买了多少好吃的啊。"

秦川推开门，把包往沙发上随便一扔，说："是我新买的沙盘，旧的都掉漆了。"

林渊朝工作室的旧沙盘看去，确实该换了，许多道具都已经褪色。他快步走到秦川的办公桌前，从笔筒里取来一把美工刀，帮秦川拆起包裹。可秦川却突然制止说："不用了。"

林渊感到意外，放下刀看着秦川："怎么了？"

"没……什么。"秦川的话音拖得很长，她在想怎么回答，但却找不到好的理由，只说，"你去忙你的吧，我自己来就行。"

说着，她接过美工刀，自己拆了起来。

林渊看着她的状态，欲言又止，起身出了门。

"有什么事叫我。"他边下楼梯边朝屋里喊了一声。

"嗯。"秦川低声应着，这声音除了她，恐怕谁也听不到。她打开包裹，看着尚未组装的沙盘道具和配件，陷入了长久的沉默。

突然，她找来封箱带，重新将快递包装封上，随后环顾四周，开始收拾咨询室内的模具、沙盘。她的动作很快，所有东西都按便于打包的方式，分类堆在房间一侧。当她准备摘下墙上装裱的资格证书时，手突然僵住了。她缩回手，愣愣地看着墙上的证书，耳边又回响起委员会对她的调查评断："经过调查，我们认为你违背了善行、责任、诚信、公正、尊重、不越界的伦理总则……”

她咬紧牙关，双手颤抖着取下墙上的资格证书。

她对自己感到万分失望，原以为可以漂亮地帮到周清，却没想到是这样的结果。她不觉得自己输给了周清，也不觉得是间接输给了孙维成，只怪自己太嫩，还不足以驾驭如此错综复杂的纠葛。

Chapter 14.

我以前以为只要有热情，就一定能帮助很多人。但我今天才明白，如果光有热情，反而会害了别人。

01

黄昏时分，孙维成从“无名小路”回到家，开始梳理离开酒店后，在“无名小路”附近监视到的信息，同时在脑海深处盘算起来。

突然，家里的录音电话响起。他缓步走到电话前，但却没有接。很快，电话答录机自动回复：“请在哔声后留言。”

“孙总，你在哪里？听到留言请马上回电话给我，十万火急。”

孙维成听出了电话那头的声音，是 Peter。他伸手去接电话，但又稍做停顿，不再搭理，径直奔向卧室。

他粗暴地拉开衣柜，胡乱扯了几件衣服塞进行李包，然后从床头柜的抽屉里翻出护照，又取出厚厚的一摞现金，有 100、50 面额的美金，也有 100 面额的加拿大币，还有 100 面额的人民币。

这时，家里的录音电话又一次响起，孙维成还是没有理会，只是静静地听着。过了一会儿，铃声停了，孙维成忙将收拾好的东西塞进行李包，抽手的时候却不小心把西装口袋里的婚戒带了出来。

婚戒掉在地上，孙维成粗暴的动作也跟着停了下来。他捡起婚戒，死死地盯着，好像盯得久了，它就会自己回到妻子的手指上。

这时，家里的录音电话又响了，孙维成仍然没有接，电话自动转为录音模式。

“孙先生，是我，老卢。周清这个诉讼明天就开庭了，晚上有没有空见个面，我们再准备一下。不好意思啊，你的手机一直打不通，只好打你家里电话，请在听到留言后给我回个电话。”

孙维成一时竟不知道该不该接。突然，他提起行李包冲了过去，按下免提，接通电话。

“喂，卢律师。你好，我明天没空，没有办法出庭了。但是请你代表我就好了。”孙维成一边说着，一边试图拉上行李包的拉链。

卢律师：“是这样，孙先生，作为一般代理人，我可以代您开庭。不过，原告不出庭，是要提供正当理由的，否则法庭会按撤诉处理……”

行李包的拉链怎么都不听使唤，孙维成一下子怒了，抓起电话吼道：“我老婆出了车祸，躺在医院里快死了，这理由够正当吗？！”

卢律师一时语塞。

孙维成强行让自己冷静下来。他松了松衣领，压低声音对电话那头说：“卢律师，不好意思。”

卢律师：“没事，我能理解。”

“周清这个诉讼对我很重要，明天就拜托你了。”孙维成的语气和缓下来。

卢律师：“明白。我会尽力的。”

“谢谢！”说着，孙维成挂断电话，把婚戒重新揣回口袋，头也不回地走出家门，进了电梯。

电梯显示到了一楼，门刚一打开，孙维成拎包走出，却忽然停住脚步。

隔着楼道玻璃门，他看见一辆警车停在门口，两名警察正从车上下来。

孙维成神情紧张，他四下张望，快速爬上一旁的楼梯，从里面探头窥视。两名警察进入大堂，和路过的保安交谈了些什么。

这时，孙维成不小心踢到了什么东西，发出了声响。两名警察循声看了过来。孙维成急忙缩回脑袋，大气不敢喘一口，直到两名警察进了电梯，他才箭步下楼，冲出大堂。

02

黑色的奔驰 GLE 驶进一座地下车库，车子的后视镜里反射出孙维成布满血丝的双眼。车子停稳后，他粗重地喘息着，拉开车门走下车，焦躁不安地在车旁徘徊。

他呼吸粗重，面色阴郁，似乎在拼命压抑自己的情绪。

忽然间，孙维成暴怒地大吼，随后又双手撑住汽车，强迫自己冷静下来。

他掏出那枚属于张梦欣的婚戒，把它稳稳地放在汽车仪表盘上，随后下车打开后备箱，从里面取出车衣，从车头到车尾，将车整个罩了起来。

做完这一切，他后退了几步，看着被罩住的车，面色再次冷静下来，右手又不自觉地转动着戴在左手上的婚戒。随后，他掏出记事本，划掉了在酒店记下的第一行信息：1 月 3 日 13：10，MU215，南京—Vancouver。

接着，他又在下方添上新的内容：1 月 3 日晚，文身店，林。

写完后，他默默读了一遍，又在“林”字下方来回画了几条着重线。

03

入夜后，秦川的工作用具已经收拾得差不多了。她深吸一口气，把挂在墙上的小装饰“ψ”取了下来，轻轻擦拭着。她的心情很低落，一边擦一遍叹气。

这时，她听到 Shaka 在门外叫了一声，但却没有开门。

稍倾，Shaka 开始挠门，同时还发出夹杂着委屈与焦急的呜咽声。

“这家伙……”秦川无奈，只得起身开门。不料，她把门一打开，Shaka 竟然穿着她上次买的直立宠物衣服一扭一扭地走进来。她愣住了，转而忍不住笑出声来。

“终于舍得开门了？”林渊出现在门口，含笑望着她。

秦川没有回答，折返身继续擦拭“ψ”挂饰。

林渊进屋一看，空了，不免有些惊愕：“你这是干什么？”

秦川头也不回，问说：“你想扩建吗？”

林渊当场就傻了，不就出去了一趟吗？怎么一回来就发生这么多事情呢？

“回头二楼收拾收拾，你可以把东西都搬上来。二楼地方大，你手艺好，到时候再收几个徒弟，说不定将来会变成知名连锁店呢。”秦川絮絮叨叨地说着，林渊越听眉头皱得越紧。

林渊：“什么意思？我搬到二楼，你去哪儿？”

秦川：“我……想出门散散心。”

林渊：“去哪儿？去多久？”

秦川背对着他摇摇头，不吭声。林渊急了，扳着她的肩膀让她转过身来，她脸上已有两行泪水。

“到底怎么回事？”林渊真的被吓到了。

秦川再也绷不住，眼圈一红，哽咽着说：“我，我以后，可能干，干不了这行了。”

话音刚落，她哇的一声哭了出来。

林渊不知道他不在的时间里秦川经历了什么，只是轻轻搂住秦川的肩膀，默默地安慰她。秦川顺势趴在他怀里，哭得昏天黑地。

过了好长一段时间，秦川哭累了，也就不哭了。两人随即席地而坐，一个递着纸巾，一个一边抽泣一边擦眼泪，还一边述说着职业生涯的遭遇。

林渊看她一把鼻涕一把泪，开玩笑说：“要不要我帮你捶他一顿？”

秦川急了：“我又不是因为他！再说，王亚铭是我的督导师，他做得没错。”

“那你哭什么？”林渊看她鼻涕流出来了，又给她递了一张纸巾。

“我是生我自己的气……”秦川拿起“ψ”挂饰，自顾自地说下去，“这是我入行的时候，王老师送给我的。那时候，他告诉我，心理治疗的最终目的，不是获得‘更理想的生活’，而且去面对‘更真实的生活’。我知道我的工作应该是帮来访者找到面对问题的勇气，而不是替他们解决问题。可我就是忍不住。”

秦川说着，鼻子一酸，又忍不住哭了。

“也许我根本不适合干这行。”她边哭边说。

林渊问：“那你喜欢干这行吗？”

“喜欢！”秦川不假思索地回答，“我以前以为只要有热情，就一定能帮助很多人。但我今天才明白，如果光有热情，反而会害了别人。干我们这行的，更需要的是冷静和客观。”

“那你接下来怎么办？”林渊不懂，但总觉得只要还想做，就总会有办法的。

秦川叹了口气说：“不知道。就想先给自己放个假，散散心，再想想。”

“我陪你一起去。”林渊脱口而出。

秦川一愣，盯着他看了半天，忽然扑上去抱住他。林渊知道她是接受了自己，立刻回抱住她。

就在这时，楼下忽然传来咣当一声。Shaka 站起身，喉间发出威胁的呜呜声。

林渊立刻冲到窗口，看到一个人影从店里窜出来，跑了。他二话不说，开窗从楼上直接跳了下去，一顿猛追。他觉得那个背影很熟悉，但夜色太黑，看不清楚。一眨眼的工夫，那人竟然消失得无影无踪。

林渊折返回店里，检查一圈，除了柜台上田博的手表不见了，其他东西一件都没少。

“少什么了吗？报警吧。”秦川说着就要打 110。

林渊忙制止她：“别报警，我知道是谁。”

“谁？”秦川一脸惊讶。

林渊看着秦川，说：“你还记得常来给陈老板送货的那个小伙子吗？就是他，田博。”

“啊？”秦川一脸愕然，“你怎么知道是他？”

“说来话长。”林渊敲敲柜台，“只有柜台上的手表不见了，那是他的东西。”

林渊决定天亮后去找田博。他曾跟林渊透露，以前老把车停在一个桥洞下面，兴许在那里可以找到他。

秦川想要跟林渊一起去，但被林渊制止了。

他说：“田博的事情我来处理就好，你在家安排好自己，如果真的要出去走走，我陪你去，我是说真的。”

两人相视一笑，拥抱在了一起。忽然，林渊的目光定住了，脸色沉了下来。透过玻璃门，他注意到了街道对面那张熟悉的面孔。

“你先上去吧，今晚让 Shaka 陪你。”林渊说着，叫上 Shaka，送秦川出了小店。秦川又缠着他聊了几句，这才道了晚安，领着 Shaka 上楼了。

04

送走秦川，林渊推开店门，收拾桌上的物品。一抬头却注意到那张熟悉的面孔从马路对面走来。他停下手里的动作，抬脚迎了出去。

走到街道台阶处，他停了下来，迎面走来那人也停了下来。

两人隔着一条街道，注视着彼此。忽然，那人先迈出脚步，边走边说：“又见面了！”

“孙先生。”林渊目不转睛地看着他，“这么晚了，有事吗？”

这位孙先生，正是孙维成。

孙维成瞥了一眼店门，看着林渊："不请我进去吗？"

林渊没有说话，侧身将他让了进去，脸上却没有半点欢迎的意思。

孙维成进到店里，也不落座，径直走到墙壁上挂着的一块木板前。这块木板是林渊专门用来钉手稿的，上面钉着几件新近完成的作品。

孙维成一眼就发现了那张撕得并不齐整的稿纸，上面画着一只文鸟，右下角还有一个签名——张梦欣。

孙维成盯着这张画稿看了半晌，然后转身问林渊："我老婆来过这儿吗？"

林渊毫不隐瞒："来过，来找我文身的。"

孙维成咬咬嘴唇："都说什么了？"

林渊没有说话，孙维成扭头指着钉在木板上的文鸟图案，问林渊："你知道这只鸟意味着什么吗？"

林渊不明白孙维成到底为什么来，更不知道他为什么这么问。他往前走了几步："你到底想说什么呀？"

"我老婆出车祸了，在医院里躺着呢？是死是活不知道。"孙维成耷拉着脑袋，声音极其低落。

听到张梦欣出了车祸，林渊也惊呆了。

孙维成："他们跟我说她是自杀。我在医院里守了她两天两夜，想不通。我那么爱她，我对她那么好，她为什么要自杀？"

孙维成说着，一拳砸在墙壁木板上钉着的文鸟画稿上。

"直到我看到她左胳膊上的那个文身，我才明白。"孙维成扭头看向林渊，咬牙切齿地说，“你唆使她自杀，你利用她报复我。”

林渊万万没有想到，孙维成竟然会这么想。

“我根本不知道车祸的事。”林渊看着孙维成的眼睛，“她过来的时候很正常，否则我也不可能给她文身。”

“你现在不敢承认了。”孙维成突然怒吼着，疯了一样冲到林渊面前，揪住他的衣领，把他抡了一圈。林渊没有反抗，任由孙维成发泄。

“你卑鄙！”孙维成的情绪越来越激动，“我早就跟你说过，我老婆跟这件事没关系。你为什么利用她报复我。”

“醒醒吧！”林渊猛一使劲儿，将孙维成推开，“先看看你自己干了什么好事。”

“你会后悔的。”孙维成狞厉一笑，转身便走。

05

这个夜晚，孙维成再没有回医院。在 ICU 外守着张梦欣的竟然是周清。

李彤虽然也在医院，但毕竟要值夜班，直到忙完后才过来看周清。

“今天还是没有联系上孙维成，他关机了。”李彤看着病床上的张梦欣，把医院跟孙维成联系的情况告诉了周清。

“为什么会变成今天这样？”周清非常困惑。

李彤安慰他不要乱想，他却突然抬起头看着李彤，没头没脑地说：“她是不是自杀？是不是因为我没有治好她儿子，她才自杀的？”

李彤担心的就是这个，她了解周清，知道他会这样想。

这时，儿科主任走了过来。他是专程找来的，因为第二天下午三点就要开庭。更重要的是，他担心周清的状态，但又不便明说，只说："你要是没时间，我替你去就行。"

周清却说他没事。主任点点头，让他赶紧回去休息，保存体力迎接战斗。他看看张梦欣，想走又不忍走。

"去吧，我会帮你照顾张梦欣的。"李彤把周清拽了起来，周清顺势抱抱她，随主任一同离开。

06

此刻，孙维成心里也担心张梦欣，还担心第二天的上诉庭审。可是公司已经彻底崩盘，警察正在到处找他，他根本不敢露面。

离开"无名小店"后，他没有打车，一直步行到藏匿车子的地方，翻出一顶鸭舌帽戴上，再取出一个牛皮纸袋，然后步行十三公里，来到一条隐蔽的小巷，躲在漆黑的角落里等待着。

不一会儿，一个彪形大汉埋头走进这条巷子。孙维成一看，迎了出去。那人从衣服内兜拿出一个包裹交给他，他又把一个牛皮纸袋递给那人。那人打开看了一眼，确认里面的现金没问题后，再丢给孙维成一把钥匙，朝他身后不远处停着的一辆旧捷达指了指，转身便走。

孙维成警觉地看看四周，直奔捷达车，一头钻了进去。随后，他打开那人给他的包裹，里面是一本护照。护照上是他本人的照片，但名字却是“赵亮”，而且里面有加拿大的签证。

一切准备就绪，他把东西放到副驾驶座位上，关掉车厢内的照明灯，发动汽车，开向张梦欣入住的酒店。

他确信那里是安全的，警察一时半会儿找不到那里。果不其然，那里没有人打扰他，他在那里沉沉地睡了下去。

夜里，他做了一个梦。梦见自己在迷宫一样漆黑的走廊里寻找张梦欣，可怎么也找不到，忽然他发现走廊尽头多了一扇窗，窗外的天色像血一样红。他看见张梦欣就站在走廊尽头，于是喊着张梦欣的名字扑了过去。

他终于找到了张梦欣，可当他抓住张梦欣的肩膀把她转过来的时候，张梦欣却变成了陈阳，衣服也变成了灭火战斗服。陈阳没有戴空气呼吸器，满脸是血，死死地盯着他笑，一直笑个不停。

他大喊一声，从梦里惊醒，天亮了。他起床洗了把脸，又倒了杯清水一口喝掉，随后打开电视机，调到第一财经频道。

“……又来到位于海涛金融总部所在的办公大楼，办工场所的正门已经被贴上了公安部门的封……”

他眼睛一闭，按动遥控器，关掉电视，然后翻出假护照进了卫生间。他得照着这本护照上的样子打理自己的头发，刮掉胡子……

确认自己的形象和假护照上一模一样后，他收拾好东西，换上深色的户外服，戴上鸭舌帽和墨镜。最后，他从桌上拿起那本记事本，放进外衣口袋，走了。

Chapter 15.

我也不知道为什么，第一个就想告诉你。这是老天爷给我的一次机会……

01

清早，林渊也出门了。他找到田博栖身的桥洞，在那里发现了几件不值钱的行李和铺开的毯子，但却没有见到人。

他见时间还早，就躲在暗处等待。很快，田博从桥上慢慢下来。他低着头，仔细端详着手里的车票，丝毫没有注意到林渊朝他走来。

"田博。"林渊叫了一声，田博拔腿就跑。可他哪里跑得过林渊，没跑多远就被林渊揪住后衣领，一把拽了回来，按在地上。

"别乱动！"林渊说着，强行扯开他的袖子，果然发现那块手表戴回到他的胳膊上了。

"龙哥那事儿是不是你干的？"

田博一听就慌了神，连忙求饶："哥，你放了我吧！"

林渊把他从地上提起来，拽着就走。田博双脚撑地，挣扎不过，索性跪在地上大喊："哥，你就当没来过这里，不认识我，行不行？求你了，哥！"

"你躲得了吗？又能躲去哪里？"林渊回头训斥。

田博惊慌失措，拼命摇头。

"我不想坐牢，进去了这辈子就完了。"

林渊看着他这副烂泥样，使劲把他提了起来。

"站好了！你不是说不想像你爸一样窝窝囊囊过一辈子吗？今天你要是就这么跑了，就会和你爸一个下场。"

田博明白，可他害怕，急得乱喊："我也不想这样，可我杀人了。

我把龙哥推下去了，他死了。警察抓住我就得枪毙。”

“他没死！”林渊又好气又好笑。

“没死？”田博突然不闹了，愣愣地看着林渊。

林渊这才告诉他，那家伙就躺在医院里，没有死。

田博大叫一声，又委屈又难受。他觉得对不起林渊，不该偷走作为抵押的手表。随后，他把12月31日去林渊店里的真相和盘托出。

02

林渊出门后，秦川把前一天收拾好的东西一一打包，正要到楼下带Shaka出去遛弯，却发现有人出现在门口。

是孙维成，可经过一番乔装打扮，秦川竟然没认出他。

“请问，楼下的文身师不在吗？”孙维成没有直呼林渊的名字。

秦川直觉这个人是来找林渊文身的，一询问，孙维成果然这么回答。秦川便叫他稍微等一等，人很快就回来。

孙维成说他怕狗，问秦川可不可以留在她这里等候。秦川还在犹豫，孙维成倒自己进来了。

“打扰了。”孙维成边走进来边道谢。

秦川虽然不情愿，但还是忙着把箱子从沙发上挪走，给孙维成腾了个坐的地方。

孙维成环顾整个空空荡荡的房间，突然问秦川：“你这里开的是心理咨询室？”

秦川觉得这个人很奇怪，无凭无据，怎么能推测出这里是开心理咨询室的呢？但他既然问了，秦川也没有撒谎，含糊地应着。

孙维成又说："我能跟你请教几个问题吗？"

秦川说："真不好意思，我今天休息。"

孙维成才不管秦川休不休息，直接问秦川怎么收费，他可以付钱。

秦川越发觉得这个人不对劲，立刻岔开话题，说是帮他给楼下的文身师打电话，然后抓起手机就往外走。这时，孙维成突然起身，抢先一步把门关上。

秦川吓了一跳："你要干什么？"

"不会耽误你很长时间的。"孙维成盯着秦川，摘下墨镜。

"孙维成？"秦川终于认出来了。

"你认得我？"孙维成略微有些惊讶，也就不再掩饰，"真不知道是你见多识广，人太聪明，还是林渊的嘴巴太大，害你知道得太多。"

秦川意识到来者不善，慢慢向办公桌后走去。她一边走，一边飞速思考。有了主意，她也就镇定下来，走到办公桌后坐下，伸手按下固定在桌面上的计时器。

孙维成坐回到沙发上，跷起二郎腿，看上去好不闲适，就像真的是来做心理咨询的客人。

秦川："你不是想跟我谈谈吗？我收费四百一小时。"

孙维成笑笑："你男朋友都怎么跟你说我的？"

秦川："他不太说别人的事。我是从电视上知道您的，您也算是成功人士了。"

听到秦川把称谓从“你”换成“您”，又刻意避开林渊，还夸自己是成功人士，孙维成不由得笑了——这个姑娘果然有两下子，但这两下子还不足以对付他孙维成。他知道，她并不镇定，而且很紧张。

“你不用紧张，我跟他之间只是有一点小误会，一直想解开。昨天晚上，我还特意来找过他，而且很有诚意，可他拒绝沟通，我只好来找你。”说着，孙维成慢慢走到秦川面前，双手撑住桌面，逼视着秦川，“他是你男朋友吧？”

秦川不置可否。

“你也不希望我和他两败俱伤吧？”孙维成越凑越近，几乎贴到秦川的脸。秦川滑动椅子，本能地向后躲开。孙维成也直起身，退回到门口的衣帽架旁边。

“走吧，咱们换个地方聊。”说着，他竟然自作主张，替秦川把大衣拿了下来。秦川镇定了一下心神，坐在椅子上，没有动。

“有什么话就在这里说吧。”

“还是去我那儿吧，我那儿清净。”孙维成举着大衣等待秦川。

秦川心里明白，已经别无办法了，如果再拒绝，孙维成一定会来硬的。她缓缓起身，走到孙维成面前。孙维成像个绅士一样给她披上大衣。秦川忽然袭击孙维成的小腹，紧接着趁机拉开房门大喊救命。可“命”字还没从嘴里蹦出来，就被孙维成一把捂了回去，门也被快速关上。

孙维成制住秦川，掐着她的脖子将她推到办公桌上，使劲一按。秦川的脑袋撞到计时器上，眼前一黑，晕了过去。

等她再醒来的时候，已经不在心理咨询室里。她的头很痛，双手被绑住了，视线也有些模糊，但仍然能看到孙维成就坐在离她不远的地方，像是在本子上写什么东西。

她用力晃晃脑袋，视线渐渐清晰起来。她发现自己被绑住双手吊在房梁上，脚下踩着一把椅子，稍一挣扎，椅子就开始晃动，手腕也因为吃力而被勒得剧痛。

孙维成注意到她醒了，只用余光瞥了她一眼，没有搭理。

“你到底想干什么？”秦川突然冲他大喊。

孙维成还是没有搭理，只是盯着本子看。记事本上，林渊的名字下面多了两个字——秦川。

“孙维成！”秦川开始大吼。

孙维成这才抬起头，合上本子，起身走近秦川。

“对不住，本来想好好招待你的，可林渊害了我老婆，我要跟他把这笔账算清楚。”

“害了你老婆？”秦川越听越糊涂。

这时，秦川的手机响了。孙维成从她的口袋里拿出来一看，是林渊，立刻笑了。

“这么关心你，不接都说不过去啊。”

说着，他接通电话，切换至免提，林渊的声音立刻从电话那头传来。

“我找到那小子了，刚从派出所回来。有个事想和你想商量，就是……”林渊在电话那头酝酿片刻，说，“对不起啊，旅行的事情可能要推后两天。田博那小子出事了，得等这件事处理完。具体情况等你回来我们再说。”

秦川始终没有出声，林渊得不到回应，在电话那头一个劲地“喂喂喂”。

孙维成忍不住笑出声来，他把手机凑到嘴边，说：“林先生，真看不出来你还有这份闲情逸致，准备去哪儿旅游啊？”

电话那头沉默了。

“不如我给你推荐个地方吧。”孙维成戏谑地笑着。

“秦川呢，你把她怎么了？”林渊在电话那头大声质问。

“你不是整天追着我问真相吗？你应该知道我在哪儿。注意，你只有一个小时，抓紧时间吧。”孙维成说着，挂断电话，使劲将秦川的手机摔到地上，又一脚踢开。

“你把我手机砸了,他要是找不到我怎么办？”秦川观察着孙维成，努力让自己镇定下来。

孙维成觉得秦川这话很好笑，但却没有回答，自顾自地在仓库里来回踱步，不时抬起手腕看看手表。

过了好一会儿，秦川注意到孙维成看表的频率越来越高，说:“还没到一个小时呢，你急什么？”

孙维成瞥了她一眼，掏出本子，翻到记录过内容的倒数第二页，上面写着“15：庭审”。他盯着这行字看了看，用笔来回划去。

秦川注意到这个细节,开始转移孙维成的注意力。她说:“孙维成，你不是在等林渊，你还有别的事。”

“也不是什么大事。”孙维成冷笑一声,重新把本子合上,揣进兜里。

秦川："你这个人很自律，计划性很强，能被你记在本子上的事应该很重要。"

"没想到你还挺有一套的，只可惜这儿不是你的工作室。"孙维成从口袋里掏出一包烟，用"宝贝"打火机点燃，使劲吸了一口，又全吐到秦川脸上。秦川被呛得直咳嗽。

"不好意思啊，戒了六年，这会儿忽然想抽一根。"说着，他习惯性把玩起打火机。

秦川注意到他把玩打火机的动作很熟练，便将话题引了过去："打火机很不错。"

孙维成朝秦川走了几步，把打火机举到她眼前，说："我老婆送我的，第一年的时候。当年她是校花，我追到了，是我孙维成追到了。漂亮吗？"

秦川不知道他是在问打火机漂亮还是追到校花这件事漂亮，只是应付道"漂亮"，继而看看外面，漫不经心地问："这到底是哪儿？"

孙维成不理她，她又追问："你抓我不就是为了引林渊过来吗？你都不告诉他这是哪儿，让他怎么找？"

孙维成笑笑："不用告诉，他心里明白。"

秦川心里明白了，这个地方对孙维成来说应该有着特别的意义，一定发生过特别的事情，而且这件事情还跟林渊有关。以她知道的信息来判断，这样的地方只有一个，五年前发生火灾的仓库。

这时，孙维成忽然问："你信命吗？"

秦川不说话，孙维成又点燃一支烟，说："五年前，有个人给我算了一卦，说我那年有一大劫。没多久，我的生意还真就垮了。那会儿，所有人都以为我完了，但我偏偏不信这个命。”

说着，他把烟丢在地上，狠狠踩灭。

03

那年，孙维成看着亏损账目束手无策，颓然间，他坐在仓库办公室的转椅上不安地把玩起打火机。就是那个时候，他透过打火机蹿起的火苗，看到窗外的仓库，随即有了主意。

此时此刻，孙维成面临的困境远甚当年。他慢慢举起手里的打火机，透过火苗看着秦川，随后啪地合上，起身从一旁拎来一桶汽油。

情急之下，秦川开始恭维孙维成，试图拖延他的节奏："我看过关于你的报道，你很了不起，白手起家，年纪轻轻就坐拥上亿资产。其实，我还挺佩服你的，五年前所有人都说你的生意要完了，没想到你还能东山再起。"

"用不着拍我的马屁。"孙维成看看表，"留给你男朋友的时间可不多了。"

说着，他把汽油泼到秦川身上，从容地走到一旁坐下，继续把玩手里的打火机。秦川害怕了，孙维成却说："别紧张，他人还没来，好戏怎么能提前开场呢？"

秦川吓得大叫："你疯了？这样做对你有什么好处？你有病吗？"

孙维成微笑着说："哈哈，这可说不好呢。"

秦川看出来了，她越是表现得害怕，孙维成就越兴奋。于是她强打起精神，使出全力迫使自己冷静下来。她颤声说：“孙维成，我和林渊相处的时间很短，你们之间的事情他也从来不告诉我。今天，你说他害死了你老婆，有什么证据吗？我也想知道，我认识的林渊到底是一个什么样的人。”

孙维成摇摇头说：“虽然我现在没有证据，但我知道他肯定脱不了干系。你不是心理咨询师吗？你帮我分析分析，他舍得连你一起害死吗？”

“你……”秦川死死地看着孙维成，孙维成笑了，笑得异常邪恶，连面部肌肉都随着他的笑声变得扭曲。

秦川：“我了解林渊的为人，就算他和张梦欣见过面，也只是想了解五年前的事。他不会因为你们之间的恩怨迁怒到你老婆身上……”

孙维成立刻打断秦川：“那他找梦欣干什么？梦欣知道什么，她什么都不知道！”

嘶吼声刚一落下，他突然冲向秦川，一脚将秦川脚下的椅子踹飞。秦川瞬间失去支撑，手腕被绳子死死勒紧。身体也因为这猛然间的变化，悬在空中一阵旋转。秦川痛苦难忍，放声大喊，眼泪也止不住流了下来。

孙维成得意极了，他慢慢悠悠走到一旁再提来一把椅子，贱兮兮问秦川：“想要这把椅子吗？”

秦川不说话，她也不知道该说要还是不要，更不知道回答之后孙维成会做出怎样的事情。

孙维成抬起手腕看看时间："还有五分钟。"

随后，他把椅子塞到秦川脚下。秦川使出浑身力气，勉强稳住身体，痛苦这才减轻了一些，可心底的害怕却更深了。她心想，只有五分钟了，必须再为自己争取一些时间。于是她深吸一口气，盯着孙维成说："你一直在把玩那个打火机，人在不安或者心虚的时候，就会有一些小动作，绝大多数时候自己都不会意识到。孙维成，你很紧张，比我还要紧张。"

孙维成冷冷地盯着秦川，秦川接着说："我说过，你是个很有计划的人，杀人不在你的计划之内。你知道五年前的火灾对林渊的伤害有多大，所以你只是想刺激他，折磨他，对吗？"

孙维成不说话，秦川又说："现在回头还来得及，想想你老婆。"

孙维成内心一阵苦涩，忽然冷笑起来，好不自嘲。秦川仔细观察着他的神色变化，补充说："她还在医院等你。"

"你知道吗？梦欣是教小孩子画画的。她有一个画夹，原来那里头有很多画，每一张画的都是我们一家三口。可是现在，画里没有我，没有！只有她和亮亮，没有我！"孙维成抬头看看秦川，疯了一样怒吼，"她怎么不想想，亮亮走的时候，要不是我支撑着这个家，她早就活不下去了！我给她的都是最好的，给亮亮的也是最好的，我恨不得把心都掏出来给他们母子俩。"

秦川成功进入了孙维成的内心世界，立刻转变策略，说："我知道，你小时候过得很苦。你之所以这么拼命，在很大程度上，也是为了他们吧，尤其是你儿子。"

孙维成百感交集，看着秦川："我是个父亲，我没享过的福，我要让孩子都享到。"说着说着，他不禁陷入了回忆，"小时候家里最苦的时候，我连饭都吃不饱，我妈交完我的学费就没钱给我买文具了。没有橡皮，她剪了块闸皮让我凑合着用，每次作业本都被擦得很脏，所以总是被老师点名骂。后来，我看到同桌有一块用了一半的橡皮，就偷回了家。真好用，擦得真干净……"

秦川听到这些，心里多少也有些酸涩。孙维成自嘲地笑笑："我妈发现后狠狠揍了我一顿，还押着我到人家家里去认错。我同桌的爸妈一个劲地说没事，可我同桌看我的眼神，我一辈子都忘不掉。他瞧不起我……再后来上完初中，我妈跟我说去上中专吧，不要上高中了，这样很快就能给家里挣钱。我理解，可我不甘心，我不愿意服从这样的命运，所以我打了三份工，一天只吃一个馒头，自己挣到了高中一年级的学费。"

秦川感到一阵惋惜，好好的一个人怎么就变成这样了呢？同时她也彻底明白了孙维成会不择手段的潜藏原因。她说："孙先生，你的意志力真的很让人钦佩，你吃过的苦也很让人心酸。我理解你，这些经历在你心里扎根了，一旦从逆境中走出来，你肯定不愿意再回去。"

孙维成神色一变，看着秦川，竟萌生出相见恨晚的念头。

秦川接着说："其实我听得出来，你恨透了那种日子，所以在你讲述那段往事的时候，眼睛才会装满恨意。"

"你又知道什么？"孙维成不接受这个论断，"对我来说，那段日子的确很苦，但同样也是……"

秦川抢先说："一笔宝贵的财富，是吗？"

孙维成笑笑，没有说话。

这时，林渊已经进入仓库，孙维成却丝毫没有察觉。林渊藏在一根柱子后面，仔细查看附近的掩体，寻找悄悄接近孙维成的路线。

秦川："我看过你的专访，说实话，当时真被你感动了。但今天我才明白，孙维成，你在撒谎。"

孙维成目光坚定地看着秦川，想听她继续说下去。

秦川："那种日子对你来说是一种屈辱，所以你追求成功的原动力不是金钱，而是为了得到别人的尊重，更准确地说是崇拜。"

孙维成不由鼓掌："秦小姐，没想到你才是最了解我的人。你说得没错，我孙维成不信命，更不会认命。我就是要做人上人，要不然就只能在那个小村子里浑浑噩噩一辈子，永远都抬不起头来。"

秦川摇摇头说："不，你信！你不仅信，而且怕。你怕你努力一生，最后还是改变不了命运，终究一无所有。"

面对被揭穿的人生，孙维成一时间脸色苍白，无言以对。

秦川："我一直想不通为什么你要带我到这儿来，现在我明白了。这个仓库是你命运的转折点，也是你荣耀的起点。你的潜意识告诉你，只有回到这里，你才能找到归属，找回掌控一切的感觉。"

"闭嘴！"孙维成忽然怒吼。林渊借着这一声怒吼掩盖了行动的脚步声，快速移动到另一根柱子背后。秦川忽然发现林渊的身影，心下一喜，试图掩护林渊再移动一次。她立刻嘶吼着回应孙维成："我还没说完呢！"

没承想，林渊没有再等，而是直接扑向了孙维成。孙维成的余光瞥见林渊，也不扭头确认，食指顶住打火机外壳铜盖一掀，拇指随即压住打火轮使劲一拨。火苗噌地冒了出来，他飞快地将火苗凑近秦川，大吼道："别过来。"

林渊骤然止步，不敢再轻举妄动。

孙维成转过身，一手点着打火机，一手伸向林渊："手机！"

林渊掏出手机扔到他面前，他不由分说，一脚踩碎。

林渊怒吼："孙维成，你有本事冲我来！对女人下手，你也算个男人！"

"那你呢？你算吗？"孙维成的眼睛瞪着，眼珠子都快冒出来了，"我也警告过你，让你别去找我老婆，你听了吗？！"

林渊摇摇头，叹了口气，说："你老婆的车祸真的跟我没有关系，如果不是你告诉我，我甚至都不知道她出事了。"

"回答错误。"孙维成可不这么认为，说着，他就要朝秦川点火。

"孙维成！"林渊急忙叫住他。

他扭头看着林渊，狞笑着说："林渊，这地方，五年前我就点过一次，今天也不介意再点一次。"

林渊双手前伸，往后退了几步，说："你不就想知道我跟张梦欣谈了什么吗？好，我告诉你。"

孙维成眼睛一亮，越发凶狠地盯着林渊，听他继续讲。

林渊说："张梦欣是绝不可能自杀的。那天她从我店里走了以后，给我打过一个电话……"

04

此刻，交警也在追查张梦欣车祸的真相。

他们在事发地附近的小区监控录像里发现了端倪。经过反复观看，逐帧定格，在监控画面的左侧发现了一个黑影。

“停！”办案警官突然叫停，一个大胆的设想浮现在他的脑海——这个人是在追张梦欣吗?

他随即指挥放大那个人影，又以此为中心，正放、倒放，不断重复。最后，他终于确定，并通知现场办案的警员：“打电话给受害者的老公。”

与此同时，对田博的审讯也有了重大发现。

民警询问田博：“那天晚上是你找的他，还是他找的你？”

“是我找的他。”田博说着，忽然抬起头看着对面的两位民警，“他本来让我去抢林老板的文身店，我不敢，就去找他，想求他放过我……”

民警随即打断他：“林老板是谁？”

田博回答：“就是送我来自首的那个人。他对我很好，我……我下不去这个手。但是龙哥非逼我给他弄钱……”

民警瞪着他说：“所以你就对这个龙哥下手了？”

“不是的。”田博很紧张，他不想供出那件更大的事，可又绕不过去，于是咬咬牙说：“我实在没有办法，就跟着龙哥满城转悠，侦查……哦不，是找弄钱的机会。后来，我们在一家银行门口碰到一个女的，刚从ATM机取完钱，又正好是一个人，就一直跟着她。她先去了医院，天黑了才出来。龙哥就说这个时间正好有机会，就决定对她下手……”

说着，田博抱头痛哭。记忆太清晰了，就像做梦一样，一切都在电光火石之间发生，并且将他推向了无底深渊。

他清晰地记得，当时龙哥就在他身后指挥他的行动。他跟着那个女的，一直没有找到机会。直到深夜，那女的从一家甜品店出来，走到十字路口等红灯，并且拉开包取了手机。龙哥看包开着，立刻朝他使了个眼色，让他下手。

他知道，这一次躲不过去了。于是趁那个女的在拨电话，悄悄走到她身后，迅速找到一个很好的位置，伸手去偷她包里的钱。可他的手还没伸进包里，就听到她对着电话叫出了一个名字。

“喂，林渊吗？我是张梦欣。”

听到“林渊”两个字，他的手立刻僵住了。

“我要当妈妈了！”

再听到这句话，他无论如何也下不去手。

“昨天在你店里，你去取修复膏的时候我就接到他们的电话了，今天去医院做了检查，没错。”说着，张梦欣悠闲地转过身来。他立刻做了一个挠头的动作，四处看看，然后若无其事地转过身，朝龙哥走去。

张梦欣丝毫没有察觉到异常，继续对电话那头说：“我也不知道为什么，第一个就想告诉你。这是老天爷给我的一次机会，让我重新当一个妈妈。我不能再像过去那样活着了，就像你说的，不是文上了就记住了，而是文上了就过去了。我现在终于体会到了这句话的含义，也许这次我可以去到一个更好的地方，重新开始。”

电话那头传来了浅浅的笑声，张梦欣接着说：“我还有个不情之请，这件事你能帮我保密吗？”

林渊在电话那头应着，张梦欣释然一笑，说：“谢谢，新年快乐。”

“新年快乐。”林渊在电话那头回祝。

祝福过后，张梦欣挂断了电话，看着闪烁的红灯，准备穿过马路。突然，一个巨大的力道从她身后袭来……

沪C·1332

Chapter 16.

车灯照亮了周清父子的脸庞，轩轩稚气的面孔和甜甜的笑容刹那间充斥了他的整个视野。

01

田博一五一十交代了事件经过，两位民警皱眉看着他，感觉像在听书。负责询问的民警随即掏出手机，找到了张梦欣事发地所属交警支队，终于从那里获得了印证。

田博说的这一切果然都是真的。

当时他不想对张梦欣下手，不想对一个认识林渊并且还怀孕的女人下手，可龙哥不高兴了。看到他不听指挥，无功而返，龙哥自己冲了出去。

田博来不及阻拦，愣愣地看着龙哥跑到张梦欣身后，一手压住张梦欣的肩膀，一手快速拽向她的包。张梦欣反应极快，没让龙哥得逞。龙哥还要再抢，张梦欣扭头就跑。龙哥不甘心，立刻追了上去。

田博一看这情形不对，慌忙跟了上去。可没跑几步，不远处的岔路口突然冲出来一辆车，将张梦欣撞飞出去。

田博吓傻了，呆呆地愣在原地。直到龙哥返身逃跑，经过他身边的时候对他说了一句“快跑”，他才回过神，仓皇逃走。

他们逃到了一座公园里，田博正穿着粗气，龙哥冲上去就揍他，怪他把事情办砸了。争吵间，田博将龙哥推下了公园台阶。龙哥顺着长长的台阶一直往下掉，最后一动不动地躺在台阶下。

田博吓坏了，他跑下去摇龙哥，龙哥却没有任何反应。他以为龙哥摔死了，调头就逃。之后，他便开始酝酿逃跑计划。第二天夜里，他趁林渊不在，偷偷钻进他店里，取走父亲留下的那只手表，仓皇离去。

02

1月3日，晚上8点30分。

李彤坐在办公室傻傻地看着周清发来的消息，简单的三个字“胜诉了”，她却从下午到晚上，反反复复看了几十遍。

这时，一个小护士拿着化验单闯了进来。

“彤姐，你看！张梦欣的血检报告。”

李彤接过来看了一眼，顿时脸色大变。

“怎么才发现？”

小护士急忙解释：“前两天哪顾得上啊！”

李彤顾不上回答，转身就往张梦欣的ICU病房跑去。她一边跑一边给周清打电话。周清正在主任的办公室聊回来上班的事情，接起电话还没张嘴，就听李彤在电话那头大喊“你快来，张梦欣怀孕了”。

03

孙维成怎么也不相信张梦欣怀孕了。

他看着偌大的仓库，看着手里高举的火苗，看着被吊在梁上的秦川，看着他一辈子都不想见到却带来惊天秘密的林渊，不由一阵冷笑。

“怀孕了？梦欣怀孕了？这怎么可能，这怎么可能！”孙维成突然吼了起来，“梦欣怀孕怎么可能不告诉我！”

林渊盯着他手里的火机，小心翼翼地说：“你要是不信，现在就可以去医院，我说的都是真的。”

“闭嘴！”孙维成歇斯底里地吼了出来，“她如果真有了我的孩子，不可能会离开我，不可能！”

突然，他将手里的火苗贴近秦川，死死盯着林渊，说：“林渊，是你逼我的，都是因为你，梦欣才离开我。如果不是因为你，我的家不会变成现在这样。我之前找过你，说过你想要什么补偿我都可以答应，你为什么就是不满足，你到底想要我怎样，啊？”

林渊没有说话，孙维成却突然喊道：“难道要我给陈阳偿命吗？”

“你不配提他的名字！”林渊被激怒了，孙维成却神经质地笑了。

“你不就想知道真相吗？好，那我就让你死个明白。”孙维成狠狠地瞪着林渊，“那天我的确回去了，陈阳就是追着我进去的，你满意了吗？”

孙维成没有撒谎，当时陈阳他们护送着他和其他群众从消防通道撤离。跑过仓管宿舍的时候，一个消防战士突然喊起来。

“班长，里面还有个孩子！”

陈阳和消防战士撞开仓管宿舍的门，从里面救出一个十一二岁的孩子。

“还有没有空呼！”陈阳询问其他消防战士，可当时已经没有多余的空气呼吸器了。孙维成注意到这一幕，不想这个孩子因为他的一把火丧命，立即脱下身上的外套，捂住孩子的口鼻。

“捂紧了，快走！”陈阳说着，推着他往外跑。情急之下，陈阳出手比较重，孙维成被推得踉跄了几步，而他外套口袋里的打火机就是那个时候掉出来的。当时，谁也没有注意到。等逃出火场后，孙维成收回衣服，一摸口袋，突然惊慌起来——纵火的打火机不见了。

如果不取出来，被发现就完了。情急之下，他溜到仓库后面，从那里进入火场，盯着浓烟一路寻找。终于，他在仓管宿舍门口找到了打火机，刚要转身逃离，却不小心绊倒。这时，突然有人抓住他，把他一把拽了起来。他抬起头，隔着空气呼吸器面罩，看到陈阳的脸。

再后来，陈阳为了保护他离开，在仓库坍塌的一瞬间将他推开，他自己却牺牲了。这件事，孙维成一直记着。陈阳的这份恩情，他没有忘记。但他同样坚定地认为，救人本身就是消防战士分内的事。

“是他自己返回火场的，我没有求着他回来救我。”孙维成这话冰冷刺骨，听得林渊浑身发抖。

“你有本事，怎么不把他救出来，反倒把罪过推到我头上！所以你怪错人了，不是我害死他的，是他自己命短。”孙维成咆哮着，将打火机扔向秦川。林渊立刻冲了过去，双手擒住孙维成，身体随之摆了过去，一脚将打火机踢飞。打火机啪地一声落在远处，两人随即扭打在一起。

孙维成挣脱林渊，跑向打火机，却被林渊扯住一只脚，被用力摔倒。紧接着，林渊使出一套连贯的格斗术，把孙维成制伏在地上，一拳拳打了下去。

孙维成被打得毫无还手之力，满脸是血，可林渊却像是疯了，根本收不住手。秦川被吓坏了，拼命大喊，试图唤回林渊的理智。

“林渊——”

林渊终于回过神来，拳头僵在半空，迟迟没有落下。孙维成瞅准机会，一把将林渊推开，翻身的间隙再一脚踹翻秦川脚下的椅子。林渊慌忙托住秦川，却给了孙维成使出“攻敌所必救”的机会。他捡起打火机，打着火，扔向秦川。林渊抬腿横扫，再一次将打火机踢飞。

孙维成没再停留，匆匆逃离。他一口气跑到仓库外，钻进车里，绝尘而去。

林渊没有追，他费了很大力气，帮秦川解开绳索。

秦川一下子扑到他怀里，哭了起来。林渊抱着她，安慰了几句，忙脱掉她身上沾满汽油的大衣，再脱下自己的外套给她披上，最后才取下围巾帮她擦拭头上、身上的汽油。

这时，秦川突然发现地上有一张折叠起来的纸，这才想起来是林渊和孙维成扭打的时候，从他们谁的口袋里掉出来的。她擦擦眼泪，问林渊是不是他的。

林渊摇摇头说不是，秦川推断那就应该是孙维成的。她走过去捡起来一看，是一张浦仁医院开出的收条，病患姓名一栏写着张梦欣。

“糟了！”秦川突然叫到，“张梦欣！”

“怎么了？”林渊不明所以，秦川却抓着他的手向外跑去。

秦川一边跑一边说：“孙维成现在可以说什么都没有了，只剩下他老婆。但是他现在突然发现自己的老婆要带着他的孩子离开他，这对他这种人来说，是最大的背叛。”

林渊突然明白过来，一个连周清都不放过的人，面对眼下的情况，还有什么事做不出来呢?

04

浦仁医院里，张梦欣醒了。她努力想睁开眼睛，但很艰难，两只眼皮怎么也撑不住，总是刚睁开又自己闭上了。

周清守在她床边，见她双唇轻启，知道她要说话，更知道她想说什么。只是她戴着氧气面罩，说不出来。

“孩子没事，我已经检查过了，你放心吧。”

听到周清的话，泪水一下子从她眼角滚了出来。

她挣扎着动了动手指，周清立刻握住她的手，安慰她几句。他没有说胜诉的事情，因为对张梦欣来说，一个更好的状态可能才是对她最大的安慰。

“你现在需要好好休息，我回头再来看你。”

说着，周清为张梦欣关上灯，然后离开了重症监护室。

05

孙维成逃离后，回到藏车的地方，从他自己的奔驰车后备箱取出行李，丢进作案用的旧车里。随后，他从后备箱的夹层翻出假护照，钻进了驾驶室。

脸上的伤痕很重，他不得不仔细擦掉血迹，然后用伪装时准备的粉底盒，一层层掩盖伤痕。每盖一层，他都感觉到钻心地疼。

再一次伪装完毕，他翻开地图，拿起笔在地图上设计逃跑的路线。

“G1501，1501……”

他迟迟没有找到 G1501 这条线路，整个人越发焦躁。直到五分钟后，他才在地图上标出了 G1501 的路线，随即掏出记事本，飞快找到记录出逃路径那一页。上面写着：

1/3 晚走；1/4 上午 8：10，HX129, 杭萧—HK/12：20，HX80，HK—Van。

他确认无误，正要收起地图，记事本突然从腿上掉落。夹在本子里的一张照片掉了出来，分明是一家三口的合影。

孙维成没有去捡，只是呆呆地看着，看得出神。良久，他缓缓拾起记事本，翻到新的一页，一笔一画写出了张梦欣的名字，然后写上自己的名字，接着又写上了另外两个人的名字。他越写越快，笔尖把纸都戳破了。

最后，他在其中两个名字上重重地画了一个圈，把两个名字圈在了一起。

06

孙维成驾驶那辆旧车进入医院的地下车库，随后轻车熟路，走向张梦欣的病房。而秦川和林渊还在赶来的路上。

“师傅，可以借您的手机用一下吗？我们俩的手机都丢了，有特别着急的事。”秦川等不及了，慌忙向出租车司机借了手机。

林渊心领神会，掏出纸条，照着上面的电话念给秦川。

很快，电话接通并传来一个小护士的声音："您好，浦仁医院。"

秦川立刻喊道："请找一个叫张梦欣的病人，情况很急很急。"

电话那头的小护士说："不要着急，慢慢说……"

秦川可等不及，立刻打断说："李彤，我找你们的护士长李彤，有非常紧急的事情。"

李彤不在附近，小护士忙去她的办公室，还是没找到，只在办公桌上看到她的手机。幸好从同事那里知道，她去找周清了，这才朝周清的办公室赶去。

诉讼结束，周清终于回到了工作岗位。李彤也为他感到欣慰，她一边给周清按摩脑袋，一边说："我在饭店订了位子，妈就在地库，和亮亮一起，我们……"

周清突然站起来，抱住她亲了一口，正好被小护士撞见。

"彤姐，总机电话。"

总机？李彤先是一愣，随后让周清先下去，自己跟着小护士走了。

07

孙维成悄悄溜进张梦欣的病房，没有开灯，怕引起别人注意。

他走到张梦欣床边，看着她戴着氧气面罩熟睡的样子，脸上没有任何表情。接着，他拿起插在病床旁的单据，借着病房外的余光，看到最新的一份报告上赫然显示着张梦欣怀孕的信息。

孙维成闭上眼睛，泪水流了下来。

他使劲捏着这份报告，牙齿咬得直响。随后，他掏出张梦欣留下的戒指，戴回到张梦欣手上，又摸着她的腹部，轻声说："我和妈妈说好了，咱们是不可以分开的。"

说完，他猛地拔掉张梦欣的氧气管，若无其事地离开了。他似乎并不急于逃亡，而是回到车上，双手颤抖着在记事本上划掉张梦欣的名字，又在被圈到一起的林渊和秦川的名字下面画了一个实心的三角形符号。

08

"今天加护病房是谁值班？让他们查一下张梦欣房间！"

李彤挂掉总机电话，慌忙招呼一名护士，一边吩咐一边往张梦欣所在的加护病房赶去。她的脚步越走越快，跟在她身后的护士几乎是小跑着才追上她的步伐。

到了加护病房，李彤推门而入，发现张梦欣的氧气管被人拔掉了，而张梦欣也已经陷入昏迷。

李彤忍不住惊呼，急忙跑上去帮张梦欣重新接上氧气，随她来的护士立刻按下呼叫铃。

"出什么事了彤姐？"加护病房的值班护士这时候才赶来。

"快报警！"李彤对她大吼。

值班护士慌忙掏出手机报警。

忽然，李彤像是意识到了什么，"周清！周清！"地喊着飞奔出去。

09

周清刚恢复工作，每一个遇到他的人都为他胜诉而高兴，几番寒暄下来，原本早就出发去地库的周清，这时候才刚刚迈进电梯。

等电梯门再打开，他忍不住长舒一口气，走进地库。

恰在此时，在车里计划着干掉林渊和秦川的孙维成猛一抬头，远远地看到了周清。

他再三确认，的确是周清，整张面孔变得扭曲起来。他立刻打开记事本，想写上什么，忽然又放弃了。接着，他把记事本往副驾驶座上一丢，发动车子，握紧了方向盘。

“爸爸！”

孙维成循声看去，一个小男孩从一辆车里跑了出来，跟在小男孩的身后的还有一位老奶奶。

小男孩径直跑向周清，周清立刻迎了上去，他的脸上露出了久违的笑容。

与此同时，秦川和林渊已经赶到医院，他们刚一出电梯就看到李彤。她的神情异常慌张，正拼命地按着电梯按钮。

“李……”还不等秦川叫出她的名字，她就一头钻进电梯，快速按动下行键。

“孙维成来过了！”

李彤在电梯里急得瑟瑟发抖。

10

孙维成注视着远处的周清，把汽车挡位挂到D挡，踩下油门，朝周清父子冲了过去。

周清丝毫没有注意到正悄然逼近的危险，他弯腰张开双臂，一把抱住轩轩，把他举过头顶，骑在自己的脖子上。

“啊——”孙维成大喊着把油门踩到底。

周清终于察觉到车辆在地库非正常行驶的动静，但没有想到会有人要杀了他们父子俩，只是转身一看。刹那间，轩轩抬起头来，视线正好落入孙维成的眼睛。

车灯照亮了周清父子的脸庞，轩轩稚气的面孔和甜甜的笑容刹那间充斥了他的整个视野。孙维成愤懑的表情突然僵住了……

他想起灿烂的阳光下，亮亮开心的笑脸；想起自己把亮亮抱起，然后和他无忧无虑地骑马……

一瞬间，亮亮稚嫩的面孔与轩轩同样稚嫩的面孔重合在了一起。孙维成再也无法继续眼下的罪恶行径，他下意识猛打方向盘，朝另一个方向冲了出去。

“砰！”

孙维成的车撞上了一根柱子，老旧的车头顷刻间遭受了灭顶之灾，损毁得一塌糊涂。

林渊、秦川和李彤这时才赶来，不由目瞪口呆。

轩轩吓得大哭，周清紧紧地抱着他，轩轩的外婆更是当场瘫坐在地上，说什么也爬不起来。李彤见周清和儿子平安无事，慌忙跑去搀扶轩轩的外婆。

孙维成呢？此刻，他被卡在驾驶位里，头埋在方向盘上，双手已经脱离方向盘，耷拉在两旁。鲜血沿着他的手臂滑落到指尖，汇聚、滴下。

一滴滴鲜血缓慢滴落在散落的一本护照上，护照中间，滑出一张一家三口的合影，血，染红了合影上孙维成的面孔。

林渊缓缓靠近，车里重伤的孙维成瞥见了他，他也停下脚步看着孙维成的眼睛。目光交汇的时间里，孙维成的眼睛沉沉地合上，泪水混合着血液从他的眼角滑落。

两个月后

“啊——”

一声拖着很长且不断变化声调的怪叫从林渊的文身店里传来。

林渊拿着文身枪，不禁皱紧眉头。

“大小姐，还没开始呢！”

“那你开始的时候倒是说一声啊。”秦川趴在工作台上，裸露的后肩有一个油笔画出的希腊字母“ψ”。

林渊无奈地摇摇头，在她的皮肤上擦凡士林，漫不经心地说：“你心真宽，王亚铭都把你举报了，你居然还去考他的博士生。”

秦川不屑地回答：“他这样做是专业的。”

林渊点点头，握稳文身枪慢慢贴近秦川的皮肤，问道：“你真的想好了？”

“当然了，我都复习一个多月了！”秦川张嘴就回。

“谁问你上学的事情了，我是问这个。”说着，林渊踩动文身枪的马达，马达发出嗡嗡的声音。

秦川突然反应过来，立刻咬紧牙关。

“想好了，文上这个字母，我一辈子就干这个了，也算是断了自己的后路。”

“那我可开始了。”

“来吧！”

秦川一副大义凛然的样子，不禁让林渊觉得好笑。他俯下身，给秦川文下第一笔，又问：“疼吗？”

“还行！”秦川皱着眉头，朝眼巴巴看着她的 Shaka 竖起大拇指。

随后，她问林渊：“你这趟出去，打算什么时候回来？”

林渊说：“说不好。”

秦川努努鼻子，一脸认真地回头看着林渊。

“先说好啊，人走可以，房租得留下来。房子呢，我给你留着。”

林渊笑了笑，摸摸她的脑袋。

她不放心，可怜巴巴地说：“你可一定要回来啊。”

林渊说：“好。”

这之后，林渊带着 Shaka 走了。他迎着夕阳，仿佛走在陈阳那幅油画草稿里的小路上，渐行渐远。

监　　制　　萧　喆
策　　划　　黄　凯　管紫璇
项目统筹　　罗　肖　李睿智
运营总监　　严晶晶
内文设计　　向　婷